新潮文庫

肉体の悪魔

ラディゲ
新庄嘉章訳

目次

肉体の悪魔

肉体の悪魔

——魔に憑かれて——

僕は多くの非難をわが身に受けることだろう。だが、それをどうすることができよう？　宣戦布告の数カ月前に十二歳になったとしても、それが僕のせいだろうか？　たしかに、あの異常な時期に僕が経験した不安は、同じ年ごろの少年が決して感ずることのないものだった。だが、見かけはともかくとして、いきなり年を取らせるほどに強力なものなどはないのだから、大人でも当惑を感じたような恋愛事件の中では、僕はやはり子供っぽく振舞ったに違いない。僕ばかりではない。僕の友人たちにしても、この時期については、先輩たちのそれとは違った思い出を持ちつづけることであろう。すでに僕を責めにかかっている人たちは、あの多くの年若い少年たちにとって戦争がなんであったかを思い出してみるがいい。それは四年間の長い休暇だったのだ。

僕たちはマルヌ川のほとりのF……町に住んでいた。

僕の両親は男の子と女の子が一緒に遊ぶことには、むしろ不賛成だった。だが、生れ落ちたときから僕たちのうちにあって、まだ盲目の状態にある官能は、こうした遊びによって失うところよりは、得るところの方がむしろ多かった。

僕は決して夢想家ではなかった。僕よりも信じやすい性質を持った他の人たちに夢と思えることも、僕には、たといガラス蓋《ぶた》があってもチーズは猫にとって現実であるのと同じように、やはり現実に見えた。だが、蓋はあるにはあるのだ。

蓋がこわれると、猫はそれにつけこむ。たとい、飼い主が蓋をこわして、そのために手を怪我《けが》したとしても。

僕は十二の年まで色事などしたことはなかった。ただ一度、年下の男の子を使って、カルメンという名の少女に、胸のうちを述べた手紙を渡したことがある。僕は自分の愛情にかこつけて、逢引《あいびき》をせがんだ。手紙は、朝、彼女が学校に行く前に渡されていた。僕は自分に似たこの少女だけに目をつけていた。似ているというのは、まず彼女は清潔な感じだったし、それに、僕が弟と一緒だったように、彼女も妹と連れ立って学校へ通っていたのだ。この二人の証人に口止めするために、僕は二人を、夫婦みたいにしてやろうと考えた。そこで、僕の手紙に、まだ字も書けない弟からフォーヴェット嬢にあてた手紙を添えた。僕は弟に、僕が仲立ちしてやることと、こんな一風変った洗礼名を持った（訳注 カルメンはもちろんメリメの小説の女主人公の名。フォーヴェットは「ほおじろ」のこと）そして年のころも僕たちと同じ姉妹にちょうどぶっつかった幸運とを説明してやった。これまで僕を甘やかして、一度も叱《しか》ったことのない両親とともに昼飯をすませて、再び学校に帰って行ったとき、カルメンのお行儀のよさについて考えていたことが的中して、すっかりくさった。

級友たちが席についたところに――僕は首席だったので、朗読用の読本を戸棚《とだな》から出すために教室の後ろの方でかがんでいた――校長が入って来た。生徒たちは起立した。校長は手に一通の手紙を持っていた。僕の足から急に力が抜け、本がくずれ落ちた。僕は本を拾い集めた。そのあいだ校長は先生と何やら話していた。すでに、前の方の生徒たちは、教室の奥で顔をあからめている僕の方を振返っていた。僕の名前のささやかれているのが、耳に入ったのだ。ついに校長は僕を呼んだ。生徒たちのあいだに変な考えを起させないで――校長はそうできるものと思いこんでいた――上手に僕を罰しようと、十二行の手紙を一つの間違いもなしに書いたことをまずほめた。校長は、たしかに僕一人でこれを書いたのかと尋ねた。それから校長室にまで来るように言った。僕たちは校長室まで行かなかった。俄雨《にわかあめ》の降っている校庭で、校長は僕を叱った。僕の道徳観念をひどく戸惑いさせたのは、少女を危ない目にあわしかけたのを、(彼女の両親が僕の恋文を校長に届けたのだった)便箋《びんせん》を一枚盗んだくらいにしか校長が重要視していないことだった。校長はこの手紙を家に送るとおどかした。僕は勘弁していただきたいと嘆願した。校長は譲歩した。だが、手紙は預かっておく、そして、二度とこんなまねをしたら、それこそもう不品行は内密にしておくわけにはいかないぞ、と言い渡した。

こんなふうに、僕には厚かましいところと臆病《おくびょう》なところがまじり合っていて、家の人たちの目をくらまし、だましていた。ちょうど、学校で、実は無精なのん気さにしかすぎない僕の気軽さが、いかにも僕を善良な生徒のように見せていたように。

僕は教室に戻ってきた。先生は皮肉に僕をドン・ジュアンと呼んだ。僕だけが知っていて、級友たちは知らない作品の名を引用してくれたことが、僕には特にうれしくてたまらなかった。先生が「お早う、ドン・ジュアン」と言うと、僕がのみ込み顔に微笑するので、僕を見る級友たちの目が変ってきた。ことによったら、僕が下級生を使って、生徒たちがその乱暴な言葉で言う《女の子《フィユ》》に付文《つけぶみ》したことを、すでに知っていたのかもわからない。その下級生はメサージェ（訳注「使者」の意がある）という名前だった。なにもその名前で彼を選んだわけではなかった。でもやはり、この名前は僕に信頼の気持を起させたのだった。

一時には、校長に、父には言いつけないでくれと嘆願したくせに、四時になると、一部始終を父に語りたくてたまらなくなった。話さなくてはならぬ理由は何一つなかった。告白したのは、僕の明けっぱなしな性質のせいかもわからない。父が怒らないことを承知しているので、結局、自分の勇敢な行いを父に知ってもらうのがうれしかったのだ。

そこで僕は告白し、校長が絶対に秘密を守ると（まるで大人に対するように）約束したことを、得々としてつけ加えた。父はこの恋物語が一から十まで僕がでっち上げたものかどうかを知りたいと思った。そこで校長を訪れた。この訪問の際に、話のついでに、父は、自分では作り話だと信じていた例の事を持ち出した。すると校長は、驚くとともに、すっかり気まずい面持で言った。「なんですって？　坊ちゃんがそんなことをお話しになったのですか？　殺されるかもわからないからとおっしゃって、ぜひ黙っていてくれとお頼みになったのですがね」

この嘘《うそ》は校長の立場を救いはしたが、それはまた僕が大人らしい気持に酔うのを助けもした。このことによって、僕は一挙にして級友たちの尊敬と、先生の目くばせをかち得た。校長は恨みを胸にたたみこんでいた。この気の毒な校長は、僕がすでに知っていることを、まだ知らないでいた。それというのは、父は校長のやり方に気を悪くして、その学年はそのまま済まさせて、そのうえで僕を退学させようと決心していたのだった。ちょうど六月の初めだった。母は、こうしたことが僕の賞に影響しては困ると思ったので、賞品授与式の済むまでは、それを言い出すのをひかえていた。いよいよその日になると、自分の嘘の結果をあれこれ恐れていた校長の不公平のおかげで、組で僕一人だけが金賞をもらった。優等賞を得たもう一人の生徒も当然もらえたはずなのに。これは校長の計算違いだった。学校はこのために二人の最も優秀な生徒を失った。というのは、優等賞の生徒の父親も息子を退学させてしまったのだった。僕たちのような生徒は、要するに、他の生徒たちを呼び寄せる囮《おとり》の役目をつとめていたわけだ。

母は、アンリ四世校に学ぶには僕はまだ若すぎると考えていた。つまり、汽車通学するには若すぎるという意見なのだった。そこで僕は二年間家にいて、一人で勉強した。

僕はどこまでも楽しんでやろうと思っていた。それというのは、もとの級友たちが二日かかってもできない勉強を四時間で片づけることができたので、半日以上も暇なのだった。僕は一人でマルヌ川のほとりを散歩した。マルヌ川はまるでもう僕たちの川だった。妹たちはセーヌ川のことを《マルヌ川みたいな川》と言っていたほどだった。止められていたのもかまわず、父の舟に乗りに行きもした。だが漕《こ》ぎはしなかった。自分ではそうとは認めなかったけれども、父の命令にそむくのがこわかったのではなく、ただ恐ろしかったのだ。僕は舟の中に寝ころがったまま本を読んだ。一九一三年から一九一四年にかけて、ここで二百冊の本を読んだ。それもいわゆる悪書は一冊もなかった。むしろ、精神の糧《かて》にはならなくとも、少なくとも読んで得になる、最良の書物だった。だから、ずっと後に、青年たちがばら文庫を軽蔑《けいべつ》する年ごろになって、かえって、その子供っぽい魅力に興味を持ちはじめたほどだった。あのころはあんなものなど全然読もうとも思わなかったのだが。

こんなぐあいに遊んだり勉強したりといった生活の不利なことは、一年中がまがいものの休暇になってしまうことだった。こうして、僕は毎日ほんのわずかしか勉強しなかった。だが、他人よりは勉強時間が少なくても、彼らの休暇中にもさらに勉強したから、この毎日のわずかな勉強は、猫の尻尾《しっぽ》の先に一生涯くっつけられているコルクの栓《せん》みたいなものだった。猫にとっては、おそらく、一カ月間鍋《なべ》をくっつけられているほうが望ましいに違いない。

ほんとうの休暇が近づいていた。だが、僕にとっては結局同じことなので、まるで気にも止めていなかった。猫は相変らず蓋の下のチーズを見ていた。ところが、戦争がやってきた。戦争は蓋をこわした。飼い主たちが他の猫を鞭《むち》でたたいているあいだに、この猫は御馳走《ごちそう》にありついた。

実際のことを言うと、フランスでは皆が浮き浮きしていた。子供たちは、賞品でもらった本を小脇《こわき》にかかえて、掲示の前でひしめいていた。不良な生徒たちは家庭の混乱を利用していた。

僕たちは毎日、夕食後、家から二キロばかりのJ……駅に、軍用列車が通るのを見に行った。釣鐘草を持って行って、兵士たちに投げてやった。ブラウス姿の奥さま連中は水筒に赤ぶどう酒を注ぎ、花のまき散らされたプラットホームに幾リットルものぶどう酒をこぼした。こうしたすべては、花火のような思い出を僕に残している。これまでに、これほど多くのぶどう酒が浪費され、これほど多くの花が枯らされたことはなかった。僕たちの家の窓は奇麗に飾り立てねばならなかった。

間もなく、僕たちはもうJ……に行かなくなった。僕の弟たちや妹たちは戦争を恨みはじめていた。戦争が長すぎるというのだった。おかげで彼らは海岸に行けなくなった。朝寝坊の習慣のついた彼らが、六時には新聞を買いに行かねばならなかった。

なんと気の毒な気晴らしだろう！　だが、八月の二十日ごろになると、この小さないたずらっ子たちは、再び希望を持ちはじめた。大人たちがいつまでもぐずぐずしている食卓から離れようともせずに、そこに残って、父が避難の話をするのを聞いていた。おそらく、もはや交通機関はあるまい。自転車で遠い遠い旅をしなければなるまい。弟たちは小さな妹をからかった。彼女の自転車の輪は、直径がやっと四十センチほどだった。「途中で置いてきぼりをくうぞ」妹はすすり泣いた。だが、なんと元気を出して自転車をみがいたことだろう！　もはや怠けてなどいなかった。彼らは僕の自転車を修繕してやろうと言い出した。彼らは戦況を知るために夜明けから起き出した。みんなはびっくりしていたが、僕にはやっとこの愛国心の動機がわかった。自転車旅行がしたいのだ！　海まで！　それも、いつも行く海よりも、もっと遠い、もっと美しい海まで。もっと早く出発できるのだったら、彼らはパリでも焼き払ったであろう。ヨーロッパを脅《おびや》かしていたものが、彼らの唯一《ゆいいつ》の希望になっていたのだった。

子供たちの利己主義は僕たちの利己主義とそんなに違っているだろうか？　夏、田舎で、僕らは雨を呪《のろ》うけれど、農夫たちは雨を求めている。

大異変が前兆なしで勃発《ぼっぱつ》することは稀《まれ》である。オーストリア皇太子の暗殺事件や、カイヨー裁判の嵐《あらし》（訳注　一九一四年三月に時の蔵相カイヨーの夫人が、戦争防止につとめる夫を中傷したフィガロ紙の主筆を射殺した事件）は、途方もないことが起るには好適な、息苦しいような雰囲気を漂わせていた。だから、戦争についての僕の本当の思い出は、戦争以前にさかのぼるのだ。

こんなことがあった。

うちの隣に、マレショーという町会議員で、白い頤鬚《あごひげ》をはやして頭巾《ずきん》をかぶった、ちんちくりんの不格好な老人が住んでいたが、僕たち——というのは弟たちと僕だが——は、彼を小馬鹿《こばか》にしていた。みんなは彼のことをマレショー爺《じい》さんと呼んでいた。隣同士なのに僕たちが挨拶《あいさつ》しないので、彼はそれを憤慨していたが、ある日、堪忍《かんにん》袋《ぶくろ》の緒を切らして、道で僕たちに近づいて来て言った。「これこれ！　町会議員に挨拶しないのかね！」僕たちは逃げ出した。こうした無礼をきっかけとして、戦端が開かれた。だが一町会議員が僕たちに何ができたであろう？　学校の行き帰りに、弟たちは彼の家の呼鈴の紐《ひも》を引っぱった。彼の家の犬はおそらく僕と同じくらいの年で、こわがる必要は全然なかったので、このいたずらはますます大胆になった。

一九一四年七月十四日の前日のことだった。弟たちを迎えに行くときに、マレショー家の柵《さく》の前に人が大勢集まっているのを見て、僕はどんなに驚いたことだろう。数本の菩提樹《ぼだいじゅ》は、枝がおろしてあったので、庭の奥の別荘風の家を隠しおおせなかった。午後の二時から、若い女中が気違いになって、屋根の上に逃げ出し、どうしても降りようとしないのだった。マレショー家の人たちは、醜聞を恐れて、すでに鎧戸《よろいど》をぴったりしめていたので、家はまるで廃屋のように見え、それだけに一層、この屋上の狂女の凄惨《せいさん》さが強く感じられた。人びとは口々に怒鳴り、家の人たちがこの不幸な女を救うのに何一つ手をかさないことに憤慨していた。狂女は瓦《かわら》の上でよろめいていたが、それは酒に酔っている格好ではなかった。僕はいつまでもそこにいたかったのだが、母の言いつけで女中がやって来て、勉強に呼び戻された。勉強しないと、お祝いの仲間に入れてもらえないかもわからなかった。そこで僕は死ぬような思いをしてこの場を立ち去った。あとで父を駅に迎えに行くときにも、女中がまだ屋根にいてくれるようにと神に祈りながら。

彼女はまだそこにいた。だが、パリから帰って来るまばらな通行人は、夕食に帰るのを急ぎ、舞踏会の時間におくれまいとしているので、ちょっとのあいだ彼女の方にうわの空の視線をやるだけだった。

それに、これまでは、多少見物人はいたとしても、女中にとってはまだ下稽古《げいこ》にすぎなかった。慣例どおり、夜になってから、明るい提灯《ちょうちん》を本物のフットライトがわりに、初舞台を踏むことになっていたのだ。提灯は並木通りにもまた庭にもともされていた。というのは、いかに居留守は使っていても、町の名士として、マレショー家が灯をともさないで済ますということはできなかったから。髪を振乱した女が、満艦飾の船の甲板の上でも歩くように、屋根の上を行ったり来たりしているこの罪の家の幻想的な感じを、この女の声が大いに助けていた。それは、およそ人間ばなれのした、喉《のど》にかかった、思わずぞっと鳥肌《とりはだ》立たせるような、甘ったるい声だった。

小さな町の消防夫は要するに《有志者》なのだから、一日中ポンプ以外の他の仕事に従事している。火事がひとりでに消えないと、牛乳屋さんとか、菓子屋さんとか、錠前屋さんとかが、それぞれ自分の仕事を終えてから消しにやって来るのだ。それに、動員以来、わが町の消防夫たちは、偵察や教練や夜警をする一種奇妙な警防団を組織していた。やっとその勇士たちが駆けつけてきて、群衆をかき分けた。

一人の女が前に出てきた。それはマレショーの政敵の、さる町会議員の細君で、しばらく前から、気違い女が気の毒だと口うるさく言っていた。彼女は消防隊の隊長にいろいろ注意した。「優しくしてつかまえるようにしてくださいよ。かわいそうに、この家ではちっとも優しくしてもらえないのですからね。ぶったりするんですよ。それから特にお願いしますけどね、もしも暇を出されて、勤め口がないのを苦にしてあんなことをしてるのでしたら、このあたしが引取ってやるって言ってくださいね。お給金も倍にしてやりますよ」

こうした口数多い慈善は、群衆にはごく平凡な効果しかもたらさなかった。群衆は夫人に退屈していた。みんなは気違い女をつかまえることしか考えていなかった。六人の消防夫は柵を乗り越え、家を取囲んで、四方からよじ上って行った。ところが、消防夫の一人が屋根の上に姿を現わすやいなや、群衆は、まるで人形芝居を見ている子供たちのように、大声にわめきはじめて、女に消防夫が行ったことを知らせた。「黙っててちょうだい！」と例の夫人が叫ぶと、群衆はなおのこと「そら一人行ったぞ！　そら一人行ったぞ！」と怒鳴った。この叫び声を聞いて、狂女は瓦をつかみ、やっと頂上にたどりついた一人のヘルメットめがけて投げつけた。他の五人はそれを見てすぐに降りてしまった。

役場前の広場の、射的や木馬や見世物小屋が、しこたま儲《もう》かるつもりでいた今宵《こよい》、客足の少ないのを見てこぼしているときに、中でも一番腕白な連中は、塀《へい》を乗り越え、芝生《しばふ》に詰めかけて、この捕物《とりもの》の経過を見守っていた。狂女は、自分が正しくてみんなは間違っているのだという確信が声に与えるあのあきらめきった、いかにも憂鬱《ゆううつ》な調子で何やら言っていたが、僕はもう忘れてしまった。腕白小僧たちは、見世物より、この光景の方に心をひかれたが、それでも、両方を楽しみたいものと思っていた。だから、自分たちのいないあいだに狂女がつかまりはしないかと心配しながらも、駆けて行って、大急ぎで木馬を一回りやってきた。彼らよりおとなしい連中は、ヴァンセンヌの観兵式を見るときのように、菩提樹の枝に腰かけて、ベンガル花火やかんしゃく玉を鳴らして満足していた。

こうした響きや光の中で、家の中に閉じこめられているマレショー夫妻の苦しみはどんなだったろう。

例の慈善夫人の夫の町会議員が、門の小壁によじ上って、この家の人たちの卑怯《ひきよう》な振舞いについて即席演説をはじめた。みんなは彼に拍手した。

狂女は、自分が拍手されたのだと思いこんで、お辞儀をした。彼女は相変らず瓦を両脇《わき》にかかえこんでいた。というのは、ヘルメットがきらりと光るごとに、それを一枚ずつ投げつけていたのだ。人間ばなれのした声で、彼女は、やっと自分が理解してもらえたことを感謝した。僕は、沈み行く船に一人踏みとどまっている海賊船の女船長を連想した。

見物人は少し飽きて、散って行った。心臓が締めつけられるようなことをしたがる、あの子供たちの要求を満たしてやるために、母が弟たちを木馬から《ロシアの山》（訳注　小さなトロッコで、急傾斜を全速力で登ったり降りたりする遊戯）に連れて行っているあいだ、僕は父と一緒にここに残っていたかった。もちろん、僕にしても、あの異様な要求は、弟たち以上に強く感じていた。僕は、心臓が激しく、不規則に鼓動を打つのが好きだった。だが、深い詩情を漂わせたこの光景の方が、もっと僕を満足させていたのだった。「なんて、おまえ青い顔をして」と母は言った。僕はそれをベンガル花火にかこつけた。花火で青く見えるんだよ、と僕は言った。

「でもやはり、この子には刺激が強すぎると思いますわ」と母は父に言った。

「なあに、こいつ以上に無感覚なやつはいないよ。こいつは、なんだって見ておれるよ。皮を剝《は》いだ兎《うさぎ》は別だがね」と父は答えた。

父は、僕がここに残っていられるようにと、こう言ってくれたのだった。だが、この光景で僕の気持が転倒していることはちゃんと承知していた。僕の方でも、父の気持もまた転倒しているのを感じていた。もっとよく見えるように肩車に乗せてくれと僕は頼んだ。実のところ、足がもう体《からだ》を支《ささ》えきれないで、今にも気が遠くなりそうなって行くのだった。

今はもはや二十人くらいしかいなかった。ラッパの音が聞えてきた。炬火《たいまつ》行列が帰のだった。

突然、多くの炬火が狂女を照らし出した。これまでフットライトの穏やかな照明をあてられていたのに、新しい花形女優の写真をとろうと、マグネシウムがぱっと燃え上がったようだった。すると女は、世界の終りが来たと思ったのか、それとも単に、ひとが自分を捕えに来たと思ったのか、別れのしるしに手を振って、屋根から身を躍らせた。落ちる途中、ガラス張りの庇《ひさし》をものすごい音をたててこわし、石段の上にどっとうつ伏せに落ちた。僕は耳鳴りがし、心臓が止りかけたけれども、このころまでは、じっと我慢しようと努めていた。だが、「まだ生きてるよ」という叫び声を聞くや、僕は意識を失って、父の肩からころげ落ちた。

意識を取戻すと、父は僕をマルヌ川の岸べに連れて行った。僕たちは草の中に長々と体をのばし、黙ったまま、夜の更《ふ》けるまでそこにいた。

帰り道に、あの柵の後ろに白い影が見えたような気がした。すわ女中の幽霊！　だがそれは、木綿《もめん》の帽子をかぶったマレショー爺さんだった。庇、瓦、芝生、木立、血にまみれた石段、まるつぶれになった面目、などの被害を調べて回ってるのだった。

僕が根気よくこうした挿話《そうわ》を書くのは、他のどんなことよりも、これが、戦争という異常な時期を理解させ、また、ものごとの絵画的な光景よりもその詩情の方がどんなに僕の胸を打ったかを理解させてくれるからである。

砲声が聞えてきた。モーの付近で戦闘が行われていた。うちから十五キロばかりのラニーの付近で、ドイツの槍《そう》騎兵が捕虜になったという噂《うわさ》さえあった。戦争がはじまるや柱時計や鰯《いわし》の罐詰《かんづめ》を庭に埋めて逃げ出したという友達のことを叔母が話しているあいだに、僕は、父に、うちの古本を運ぶ方法を尋ねた。これを失うのは、僕にとって一番の苦痛だった。

結局、いざ避難しようというときになって、その必要のないことを新聞が教えてくれた。

そのころ、妹たちは傷病兵にお見舞の梨《なし》の籠《かご》を持ってJ……に通っていた。彼女たちはこうして、おじゃんになったあらゆるすばらしい計画の埋合せ――全くそれは平凡な埋合せだったが――を見つけ出したのだった。彼女たちがJ……に着いたときには、籠はほとんどからになっていた！

僕はアンリ四世校に入ることになっていた。だが父は、もう一年僕を田舎に引止めておきたがった。その陰鬱な冬の僕のただ一つの楽しみは、新聞屋に走って行って、『言葉《ル・モ》』紙を一部確実に手に入れることだった。これは僕の大好きな新聞で、土曜日に発行されていた。この日は、僕は決して朝寝しなかった。

だが、春が訪れてきた。僕の生れてはじめての経験の、気紛れな遊びで陽気にされた春である。この春は、募金を口実にして、幾回となく、晴着を着、少女を右側に連れて、あちこち歩き回った。僕が募金箱を持ち、彼女は記章の入った籠《かご》をさげていた。二度目の募金のときから、少女と一緒に過すことが許されているこの自由な一日を利用することを仲間から教わった。それからは、朝のうちに大急ぎでできるだけたくさんの金を集めて、正午にそれを世話人の婦人のところへ持って行き、あとは一日中、シュヌヴィエールの丘でふざけまわっていた。生れて初めて友達ができた。僕は彼の妹と一緒に募金するのが好きだった。生れて初めて、僕は、自分と同じように早熟な少年と仲よくなった。僕は彼の美しいことやその大胆なことに感嘆の目を見はりさえした。僕たちの年ごろの者に対する共通の軽蔑《けいべつ》が一層僕たちを接近させた。僕たちは、自分たちだけが、物事を理解することができるのだと考えていた。結局、自分たちだけが女と遊ぶにふさわしい人間だと思っていた。自分たちこそ大人であると信じていた。運よく、僕たちは離れ離れにならずにすむのだった。ルネはすでにアンリ四世校に通っていたし、僕は第三学級の彼の級に入ることになるだろうから。彼はギリシャ語は習わないことになっていた。ところが、ギリシャ語を習わせてもらうように両親を説き伏せるという大きな犠牲を、僕のために払ってくれた。そうすれば、僕たちはいつも一緒にいられるのだ。だが、彼は最初の一年をやっていないので、特別授業を受けねばならなかった。ルネの両親は面くらった。前の年には、彼に泣きつかれて、ギリシャ語を勉強しないことを承知したところだったので。彼らはそこに、僕のいい影響の結果を見た。そして、息子の他の友人のことはなんとか大目に見て我慢していたにすぎないのだが、少なくともこの僕だけは、彼らが賛成するただ一人の友人となったのだった。

この年の休暇は、はじめて、一日として重苦しい気持に陥ることはなかった。そこで僕には合点《がてん》がいったのだった。――年齢は争えないもので、僕の危険な軽蔑癖も、ひとが僕の気に入るようなぐあいに僕に目をかけてくれるや、たちまち氷のように溶けてしまったということが。僕たちは二人連れ立って歩いたので、人ひとりが自尊心を持ちながら歩かねばならなかった道を半分に縮めることができたのだった。

入学の日は、ルネは僕にとっては大事な案内役だった。

彼と一緒だと、すべてが楽しくなった。自分一人だったら一歩も歩けなかったこの僕が、アンリ四世校とバスティーユ駅とのあいだの道を、日に二回、喜んで歩いて行った。僕たちはこの駅から汽車に乗るのだった。

こうして三年は過ぎて行ったが、ほかに友達もできず、また、木曜日に少女たちとふざけて遊ぶことのほかには別に楽しい期待もなかった。——この日には、ルネの両親たちは息子の友達と娘の友達とを一緒にお茶に招待してくれて、別にそのつもりはないのだが、彼女らを僕たちにあてがってくれるようなことになった。——僕たちは賭遊《かけ》びを口実にして、お互いに、ささやかな愛の贈物を盗み合ったものだった。

美しい季節になると、父は僕や弟たちを遠足に連れて行くのを楽しみにしていた。僕たちの大好きな目的地の一つは、オルメソンで、モルブラ川に沿って歩くのだった。幅一メートルほどのこの小川は、牧場を横切って流れ、この牧場には、名前は忘れたが、どこにも見られない花が咲いていた。水菜《クレソン》や薄荷《はっか》が茂って足もとを隠しているので、水になっているところに踏み込むことがあった。この小川は、春には、数知れぬ白やばら色の花びらを下流に運んでいた。それは山査子《さんざし》だった。

一九一七年の四月のある日曜日、いつものように、僕たちはラ・ヴァレンヌ行の汽車に乗った。そこから徒歩でオルメソンに行くのだ。父は、ラ・ヴァレンヌでグランジエ家の愉快な人たちと落合うことになっていると僕に言った。ある絵画展覧会の目録で、マルトという彼らの娘の名前を見たことがあったので、僕はこの一家のことを知っていた。いつだったか、両親がグランジエさんの訪問のことを語っているのを耳にした。彼は十八歳になる娘の画がいっぱい入っている紙ばさみを持ってやって来た。マルトはそのとき病気だった。そこで父親は、僕の母が会長をつとめていた慈善展覧会に娘の水彩画を出品して、娘を驚かしてやりたいものと思ったのだった。これらの水彩画には凝ったところは全然なかった。図画の時間に、舌を出したり、画筆をなめたりする優等生の匂《にお》いがした。

ラ・ヴァレンヌ駅のプラットホームで、グランジエ夫妻が僕たちを待っていた。夫妻は同じ年ごろで、五十近くに違いなかった。だが、グランジエ夫人の方が年上に見えた。やぼったくて背が低いので、一目見ただけできらいになった。

この散歩のあいだに、僕は、夫人がしばしば眉《まゆ》をひそめるのに気づかずにはいられなかった。眉をひそめると、額全部が皺《しわ》だらけになり、それが消えるには一分くらいかかった。どんなに彼女をきらっても、不公平だと自分を責めなくて済むようにと、彼女の話しぶりが思いきり下品であってほしいと祈った。だが、この点においては、彼女は僕を失望させた。

父親の方は、部下の兵士たちから慕われていた退役の下士官で、いかにも実直そうな人だった。だが、マルトは一体どこにいるのだろう？　こんな両親たちのほかには連れのない散歩をするのかと思うと、僕は身震いがした。マルトは、次の汽車で来るはずだった。「あと十五分したら参ります」とグランジエ夫人は説明した。「支度が間に合いませんでしたの。弟も一緒に参るはずですわ」

汽車が駅に入って来たとき、マルトは、客車のステップに立っていた。「汽車の止るまでお待ち！」と母親は叫んだ。……このお転婆《てんば》娘は僕を有頂天にした。しごくあっさりした服、帽子は、知らない人にはどう思われようとかまわないといった彼女の気持を示していた。彼女は十一歳くらいの少年の手を引いていた。彼女の弟だった。白子のように髪の色の薄い、青白い少年で、その一つ一つの動作にはいかにも病身らしいところが見えていた。

途中、マルトと僕が先頭を歩いて行った。父はグランジエ夫妻にはさまれて、あとから歩いてきた。

弟たちは、このひ弱な、新しい小さな友達の相手をさせられて、欠伸《あくび》をしていた。この少年は走ることを禁じられているのだった。

僕が水彩画のことをほめると、マルトは謙遜《けんそん》深く、あれは習作にすぎないと答えた。彼女はあの画は全然問題にしていなかった。それよりも《様式化した》花を見せましようと言った。そんな花など滑稽《こっけい》だと考えていることは、口に出して言わない方がいいと思った。こんなことは初めての経験だった。

彼女は帽子をかぶっているので、僕をよく見ることができなかった。だが僕の方はじっくり彼女を観察した。

「あんまりお母さんには似ていませんね」と僕は言った。

これは一つの恋歌《マドリガル》だった。

「ときどき、そう言われるわ。でも今度うちへいらしたとき、若い時のお母さまの写真をお見せするわ。とてもよく似ていてよ」

この返事を聞いて、僕は悲しくなった。そして、彼女の母親の年ごろになったマルトを見ないで済みますようにと神に祈った。

幸いにもマルトは僕のような目では母親を見ていないから、この返事がつらく感じられるのは僕だけなのに、僕はそれがわからずに、このつらい返事の不快さを吹き飛ばそうとしてこんなことを言った。

「そんな髪の格好はいけませんね。ときつけの方がずっと似合いますよ」

そう言って僕はぞっと身震いした。こんなことはこれまでに女に言ったことはなかった。僕は自分の髪の格好のことを考えていたのだった。

「お母さまに言ってくださるといいわ。(まるで弁解したいような口調だった!)いつもはこんなふうな格好じゃないのよ。でも、わたし遅れたでしょう。それで、次の汽車に乗り遅れてはと気がもめてたの。それに、帽子を脱ぐつもりじゃなかったんですもの」

「なんという娘だろう？」と僕は考えた。「髪のことなんかで、僕のような小僧っ子に喧嘩《けんか》をしかけさせるなんて」

僕は彼女が文学についてどんな趣味を持っているか探りにかかった。彼女がボードレールとヴェルレーヌを知っていることをうれしく思い、僕の愛し方とは違うけれども、彼女のボードレールを愛するその愛し方に魅惑された。僕はそこに反抗の気持を読み取った。彼女の両親も、彼女の趣味を認めるようにはなっていた。だがマルトは、それが親としての愛情からであることを、恨みに思っていた。彼女の婚約者は、その手紙の中で、自分の読んだものについて彼女に語っていた。そして、ある本は勧めていたが、ある本は禁じていた。『悪の華《はな》』は読まないようにと禁じているのだった。彼女が婚約の身であることを知って一瞬不愉快な気持に打たれたが、ボードレールをこわがるほど馬鹿《ばか》な兵隊の言うことなどきかない彼女を知ってうれしくなった。この男はきっとたびたび彼女を怒らせたに違いないような気がして、小気味よかった。はじめのあの不愉快な驚きの瞬間が過ぎると、僕はこの男の趣味の狭いことがかえってうれしくなった。もし彼も『悪の華』を愛誦《あいしょう》していたら、彼らの未来の住まいが『恋人の死』（訳注『悪の華』の中の一編）のそれに似はしないだろうかと心配になっただけに、なおのことうれしかった。だが次の瞬間には、そんなことが自分になんの関係があるだろう、と考えるのだった。

彼女の婚約者は絵画研究所に行くことも禁じていた。僕はついぞ一度もそんな所には行ったこともないくせに、案内してあげようと言った。たびたび稽古に行っているなんてことまでつけ加えた。だがそう言ってから、嘘《うそ》が露顕することを恐れて、このことは僕の父には話さないでくれと頼んだ。グランド・ショーミエール（訳注 パリの画塾）に行くために体操の時間をさぼっているのを父は知らないのだ、と僕は言った。裸体の女を見ることを両親から禁じられているので、研究所通いを隠しているのだ、というふうに彼女に思われたくなかったのだった。二人のあいだに秘密のできたことがうれしかった。そして小心な僕が、彼女に対してすでに暴君じみてきているのが感じられた。

僕はまた、彼女が田舎よりも僕の方に興味を寄せているのを内心誇らかに思っていた。というのは、僕たちはまだ散歩の風景については一言もふれていないのだった。ときどき、彼女の両親が彼女を呼んだ。「マルト、右手の方をごらん。なんてシュヌヴィエールの丘は奇麗なんでしょうね」あるいは、彼女の弟がそばに寄ってきて、摘み取ったばかりの花の名を尋ねた。だが彼女は、彼らが憤慨しない程度の、うわの空の注意を向けるだけだった。

僕たちはオルメソンの牧場に腰を下ろした。無邪気に振舞いすぎて、こんなにも深入りしてしまい、物事の運びをこんなにもせかせてしまったことを僕は後悔した。「もっと感傷的でない、もっと自然な話のあとなら、この村の昔話でもして、マルトを感嘆させ、彼女の両親の好意を獲得することだってできるのだが」と僕は思った。僕はそんな昔話は口に出さなかった。それにはそれだけの深い理由があると僕は思い込んでいた。そして、今まであんなことを話していながら、今になって、そんな、僕たち共通の不安に全然関係のない話をしては、せっかくの楽しい気分を台なしにしてしまうだろうと思ったのだった。僕は、これは大変なことになってしまったと思った。ところで、これはたしかに大変なことだったのだ。ただ僕はそれをあとになって知った。それというのは、マルトは僕たちの会話を僕と同じ方向にそらしていたのだ。だが、そうと知ることのできなかった僕は、意味深長な言葉をかけてしまったものと思っていた。僕は無感覚な女に恋を打明けたように思い込んでいた。ところで僕は、僕が彼女に言った一部始終は、たといグランジエ夫妻に聞かれても、いささかの差支えもないことであったのを忘れていた。だが、彼らのいる前で、果してあんなことが彼女に言えたであろうか？

「マルトは僕を臆病《おくびょう》にしない」と僕は胸の中で繰返していた。「だから、彼女の両親と父がいなければ、彼女の首筋にかがみこんで、接吻《せっぷん》するだろう」

僕の心の奥底では、もう一人の少年が、これらの興ざめな人たちのいることを喜んでいた。その少年はこう考えていた。

「彼女と二人きりでなくて、ほんとに運がよかった！　だって、二人きりだったら、なおのこと接吻なんてできないし、そして、接吻できない言いわけもないわけだから」

臆病者はこんなふうにごまかすものだ。

僕たちはシュシー駅で帰りの列車に乗った。待つ間が三十分たっぷりあったので、僕たちはカフェのテラスに腰を下ろした。僕はグランジエ夫人のお世辞をじっと我慢して聞いていなければならなかった。それらのお世辞は僕に恥をかかせた。それはマルトに、僕が、一年後に大学入学資格試験に通るはずの、まだ一高等学校生徒にすぎないことを思い出させたのだった。マルトはシロップを飲みたいと言った。そこで僕もそれを注文した。まだその朝だったら、シロップを飲むなんて恥ずかしいことだと思ったであろう。父は面くらった。父はいつも僕が食前にアペリティフを飲むのを許していたのだった。僕は、父が僕のお行儀のいいのをからかいはしないかとびくびくした。果して父は僕をからかった。だが、僕が彼女のお相手をしてシロップを飲んだことを、マルトに感づかせないように、それとなくほのめかしたのである。F……に着くや、僕たちはグランジエ家の人びとに別れを告げた。僕はマルトに『言葉《ル・モ》』紙のコレクションと『地獄の季節』を次の木曜日に持って行こうと約束した。

「これもわたしの婚約者に気に入りそうな題ね！」

　彼女はそう言って笑った。

「まあ、マルト！」と彼女の母親は眉をしかめた。こんなふうに逆手に出られると、母親は決って不機嫌になった。

　父も弟たちも退屈していた。かまうものか！　幸福というものは大体利己的なものなのだ。

ルネにはこれまでなんでも打明けていたが、翌日学校に行ったとき、僕はこの日曜日のことを彼に語りたい気持にならなかった。だがそれは、マルトにこっそり接吻しなかったことを笑われるのが我慢できなかったのだ。もう一つ不思議でならなかったのは、この日は、ルネが他の級友たちとそう違って見えなかった。

マルトに恋を抱《いだ》いていた僕は、ルネや、両親や妹たちのことは愛さなくなっていた。

じっと我慢して、約束の日より前には会いに行くまいと僕は決心していた。だが、火曜日の夕方になると、もう矢も楯《たて》もたまらなくなって、意気地《いくじ》なくも、夕食後に本と新聞が持って行けるような巧《うま》い口実を見つけだした。僕がこんなにも待ちかねていらいらしているのを見たら、マルトはそれを僕の愛情の証拠と思ってくれるだろう、もしも彼女がそう思ってくれないなら、無理にもそう思わせてやることもできるだろうと、僕は胸の中で言っていた。

彼女の家まで、十五分ばかり、僕はまるで気違いのように走った。それから、食事中の彼女に迷惑をかけることになりはすまいかと恐れて、汗をびっしょりかいたまま、十分ばかり、門の前で待った。このあいだに心臓の動悸《どうき》もおさまるだろうと思っていた。ところが逆にそれは激しくなっていった。僕は引返しかけた。だが、しばらく前から、隣の窓から一人の女が、門の陰に隠れた僕が何をしているのかを知ろうとして、好奇の目を光らせていた。この女が僕を決心させた。僕は呼鈴《よびりん》を鳴らした。僕は家の中に入った。出て来た女中に、奥さまはいらっしゃるかと訊《き》いた。ほとんどすぐに、僕の通された小さな部屋にグランジエ夫人が姿を現わした。僕は思わずはっと飛び上がった。礼儀上《さと》《奥さま》に案内を乞《こ》いはしたが、実はお嬢さんに会いに来たのであることを女中は覚って《さと》くれるべきであったとでもいうように。僕は顔をあからめながら、まるで夜中の一時でもあるかのように、こんな時間にお邪魔したことをお許しくださいと詫びた。それから、木曜日に来られなくなったので、お嬢さんに本と新聞を届けに来たのだと言った。

「まあ、ちょうどよござんしたわ」とグランジエ夫人は言った。「マルトはお目にかかれませんでしたのよ。あの娘の婚約者が、思ってたよりも半月早く休暇が取れましてね、昨日帰って参りましたの。それでマルトは、今夜は、未来のお舅《しゅうと》さんのところに夕食をいただきに行っていますのよ」

そこで僕は辞去した。そして、もう二度と会える機会はあるまいと思ったので、マルトのことはもう考えまいと努力した。だが、いくら思うまいとしても、僕は彼女のことばかり考えていた。

ところが、それから一カ月たったある朝のこと、バスティーユ駅で汽車から飛び降りると、マルトが別の車から降りてくるのを見かけた。結婚支度で、いろんな買物をしに行こうとしているところだった。僕はアンリ四世校までつきあってくれるように頼んだ。

「あのね」と彼女は言った。「来年あなたが第二学級に進むと、わたしのお舅さんに地理を教わってよ」

まるでほかの話は僕の年ごろの者には向かないかのように、彼女が勉強の話をしだしたので、僕はいらいらして、それは面白いですね、ととげとげしく答えた。彼女は眉をひそめた。それが彼女の母親を思い出させた。

僕たちはアンリ四世校まで来たが、あんなことを言って彼女の感情を害したまま——僕はそう思っていた——別れたくなかったので、一時間さぼって、図画の時間のあとで教室に入ろうと決心した。このとき、マルトが利口ぶって僕を非難などしないで、むしろ実はなんでもないこの犠牲を感謝しているらしいのがうれしかった。僕がありがたく思ったことには、彼女はそのかわりに買物にお伴してくれなどと言わずに、僕が自分の時間をさいたように彼女の方でも自分の時間を僕のためにさいてくれた。

僕たちはリュクサンブール公園に来ていた。上院の大時計が九時を打った。僕は学校へ行くのをよした。このとき奇蹟《きせき》的に、僕のポケットには普通だったら生徒が二年かかってもためられないほどの金が入っていた。というのは、その前日、シャンゼリゼの人形芝居小屋の裏にある切手市場で、めったにない珍しい郵便切手を売払ったのだった。

話しているあいだに、マルトがお昼は舅さんの家で食べることがわかったので、僕とつきあうように決心させてやろうと決めた。九時半が鳴った。マルトはびっくりして飛び上がった。自分のためにひとが学校の授業を全部放擲《ほうてき》するなんてことにはまだ慣れていなかったのだった。だが、僕が鉄椅子《いす》にじっと腰掛けたままなのを見て、彼女には、今僕はアンリ四世校の腰掛けに坐《すわ》っていなければならないはずだということを思い出させる勇気が出て来なかった。

僕たちは身動きもせずにじっとしていた。幸福とはこんなものにちがいなかった。

一匹の犬が水盤から飛び上がってきて、ぶるっとからだをゆすぶった。マルトは、昼寝のあとまだ眠気の覚めない顔で夢をふるい落す人のように、立ち上がった。彼女は腕を体操のように動かした。これは僕たちのためにはあまりいい前兆ではないぞと思った。

「この椅子ずいぶん堅いわね」と、立っていることの言いわけをするように、彼女は言った。

彼女の着ていた薄絹の服は、坐っていたので皺《しわ》くちゃになっていた。僕は、椅子の底が彼女の肌につけている模様を想像しないではいられなかった。

「じゃ、買物につきあってよ。もう学校へはいらっしゃらないおつもりでしょう」と、僕が彼女のためにさぼったことをこのときはじめてほのめかして言った。

彼女のお伴をして、下着店を数軒回ったが、たとい彼女には気に入っても、僕の気に入らないものは注文させなかった。たとえば、ばら色は彼女の好みだったが、僕には悩ましい色だったので避けた。

こうした最初の勝利に続いて、今度はマルトに舅夫婦のところでお昼を食べさせないようにしなければならなかった。僕と一緒にいるという喜びだけでは舅夫婦に嘘をつきそうになかったので、どうしたら彼女が僕の狡休《ずる》みにおつき合いする決心をするかしらとあれこれ考えた。かねてから、彼女はアメリカ式のバーを知りたがっていた。だが、婚約者にバーへ連れてってくれとは言い出しかねていた。それに婚約者は、バーなんて知らないのだった。僕は口実を見つけた。彼女は拒んだけれども、そこにはいかにも残念そうな素振りが見えたので、大丈夫ついて来るだろうと思った。三十分ほど彼女を説き伏せようとあらゆる手段を尽したのち、もう何も言わないで、彼女を舅夫婦の家へ送って行ったが、僕の胸のうちは、刑場へひかれて行く途中何か救いの手でも現われないものかと最後の瞬間まで希望を失わない死刑囚にも似ていた。目的の街が近づいてくるのが見えたが、何事も起らなかった。ところが突然、マルトが窓ガラスをたたいて、郵便局の前でタクシーの運転手を止めた。

彼女は僕に言った。

「ちょっと待っててね。お義母《かあ》さんに電話かけてくるわ。遠い所に来ているのでお昼の時間に間に合わないってね」

数分たつと、僕はもういらいらしてきて、花売娘を見つけるや、赤いばらを一本々々選んで、それで花束を作らせた。僕が考えていたのは、マルトが喜ぶということよりは、今夜家に帰って誰からこれをもらったかを両親に説明するためにまた嘘をつかねばならなくなるということだった。初めて会ったとき、絵画研究所へ行こうと相談した僕の計画、今夜両親に繰返すであろう電話の嘘、そのうえさらにばらの嘘、こうしたものは僕にとっては接吻よりもうれしい愛の贈物だった。それというのは、これまでたびたび少女の唇を盗んだけれども大して喜びは感じなかったし——それは彼女たちを愛していなかったからだということは忘れてしまっていた——マルトの唇も大して欲していなかったからだった。ところが、こうして二人が共犯者になることは、これまで僕には全然経験のないことだった。

マルトは最初の嘘をついて、はればれした顔で郵便局から出てきた。僕は運転手にドヌー街のバーの番地を教えた。

バーテンダーの白い上着や、彼が銀のシェーカーを振る面白い身ぶりや、カクテルの奇妙な、あるいは詩的な名前に、彼女はまるで寄宿舎の女学生のように恍惚《こうこつ》となった。ときどき赤いばらの匂《にお》いを嗅《か》いでいたが、これを水彩画に描いて、この日の思い出に僕にくれるつもりでいた。僕は婚約者の写真を見せてくれと頼んだ。美男子だと思った。彼女が僕の意見を大いに尊重していることをすでに感じていたので、僕は一層偽善を誇張して、すごく美男子だね、と言った。だが、これはお世辞だということを感じさせるために、大して自分ではそう思ってるわけではないといった調子で言った。こうすれば、マルトの胸をかき乱し、しかも彼女に感謝されるに違いないと思ったのだった。

だが、午後になると、彼女がわざわざパリまで出かけてきた理由を考えなければならなかった。彼女の婚約者は、自分の趣味をよく心得ている彼女に、家具の選択をすっかり任せていた。ところが彼女の母親も一緒に来ると言ってきかなかった。決して馬鹿げたまねはしないからと約束して、やっと彼女は一人で来る許しを貰《もら》ったのだった。その日、彼らの寝室用の幾つかの家具を選ぶことになっていた。マルトがどんなことを言っても、極端な喜びや不快は、表面に出さない決心ではいたが、今はもはや心臓のリズムと調子の合わなくなった緩慢な足どりで大通りを歩きつづけるのは、僕にとっては努力を要することになった。

こんなふうにマルトのお伴をしなければならないのは、僕にはよくよくの不運に思われた。彼女と他の男のための寝室の家具を選ぶ手伝いをしなければならないとは！とそのとき僕の頭に、マルトと僕の部屋のつもりで選んでやろうという考えがひらめいた。

僕は彼女の婚約者のことなどすぐに忘れてしまった。だから十五分も歩いたのちに、この部屋で他の男が彼女のそばに寝るのだということを誰かが僕に思い出させでもしたら、おそらく僕はびっくりしたことだろう。

彼女の婚約者の好みはルイ十五世式だった。マルトのはこれとは違った悪趣味で、むしろ日本趣味に傾いていた。そこで僕はこの両方と闘わねばならなかった。機先を制した方が勝ちだった。マルトのちょっとした言葉で、彼女の気持をひきつけているものを見抜いて、その反対のものを、それが、必ずしも僕の気に入ったものではなくても、彼女に示さねばならなかった。それは、僕が一つの家具を断念して、彼女の目に逆らうことの少ない他の家具にする場合に、いかにも彼女の気紛れに譲歩するように見せかけるためだった。

「あの人はばら色の部屋を一つほしがったんだけど」と彼女はつぶやいた。いまさら自分自身の趣味を打明けることもできず、それを婚約者にかこつけていた。五、六日もすれば僕たちは一緒になってこの趣味をあざ笑うだろうと僕は見抜いた。

だが、彼女がどうしてこんなに弱気なのか、僕にはよくわからなかった。「僕を愛していないのだとしたら、なぜ、僕に譲歩し、自分の好みやあの青年の好みを、僕のそれの犠牲にするのだろう?」と僕は考えた。僕には全然見当がつかなかった。どう謙遜《けんそん》して考えてみても、マルトが僕を愛しているとしか考えられなかったであろう。だが僕はその逆を信じ込んでいた。

マルトは「せめて壁布だけは、あの人の望み通りにばら色にしてやりましょうよ」

と言った。《あの人の望み通りにしてやりましょうよ!》この言葉を聞いただけで、僕はもう少しですべてを投げ出しそうな自分を感じた。だが、《壁布を彼の望み通りにばら色にしてやる》ことは、一切を放擲することにひとしかった。そこで、そうしたばら色の壁は《僕たちが選んだ》簡素な家具をいかに台なしにするかを彼女に説明した。そして、相手を怒らせはすまいかとまだびくびくしながら、部屋の壁に石灰を塗ることを勧めた!

これは止《とど》めの一撃だった。マルトは一日中じらされつづけていたので、逆らわないで承知した。彼女はただこう言っただけだった。「ほんとにね、あなたのおっしゃる通りだわ」

へとへとに疲れきったこの一日が終るころになると、僕は着々と歩を進めることができた自分を祝福した。家具を一つ選ぶごとに、この恋愛結婚、というよりはむしろ出来心の結婚を、理性結婚に変えることができたのだった。ところでどんな理性結婚だというのだろう! だって、お互いに、相手のうちに恋愛結婚のもたらす美点しか見ていないので、そこには、理性は全然関与していないではないか。

その晩、別れるとき、彼女は今後僕の助言を避けようとするどころか、これからも、ほかの家具の選択に手伝ってくださいと頼んだ。僕はそれを約束した。だが、それを婚約者に決して言わないと誓うことを条件にした。というのは、そのうちにこれらの家具を彼に承知させることのできる唯一《ゆいいつ》の理由は、もしも彼がマルトを愛しているならば、一切が彼女から、やがて彼ら二人の意志となるであろう彼女の意志から出たものと考えることであるからだ。

家に帰ると、父の目つきで、父がすでに狡休みを知っているような気がしてならなかった。もちろん父は何も知ってはいなかった。知っているはずはなかった。

「大丈夫よ！ ジャックはこの部屋に慣れるわよ」とマルトは言っていた。寝床に入りながら、僕は胸の中で繰返した。もしも彼女が眠る前に結婚のことを考えているならば、今夜は、これまでとは全然違ったふうにそれを考えているに違いない、と。僕にとっては、この恋愛の終局はどうなろうと、彼女のジャックから前もって仇《あだ》をうたれているようなものだった。というのは、あの厳粛な《僕の》部屋で行われる彼らの新婚の夜のことを僕は考えていたのだった！

翌朝、欠席通知を持ってくるに違いない郵便配達夫を、僕は道で待ち伏せた。それを受取ると、ポケットにつっ込み、他の手紙は門の郵便受に投げ込んだ。いつでもやれる簡単きわまる手だ。

学校をさぼることは、僕の考えでは、マルトを愛していることを意味していた。だがこれは僕の考え違いだった。マルトは、僕にとって、学校を狡けることの口実にすぎなかったのだ。その証拠には、マルトと一緒に自由の魅力を味わってからというもの、僕は自分一人でもそれを味わいたかったし、そのうちには仲間もつくりたくなったのだった。この自由はたちまちにして、僕には麻薬となってしまった。学年も終りに近づきつつあった。僕は放校処分にあうことを、つまり一場の悲劇によってこの時期の決算をすることを望んでいたのに、僕の怠惰が罰も受けずに済みそうなのを見て、内心びくびくしていた。

人が何か一つのことを熱望して、いつも同じことばかり思い詰めて日を暮し、それしか眼中にないと、その欲望が罪であることにもはや気づかなくなるものだ。もちろん、僕は父を苦しめようとしていたのではない。だが、僕が望んでいたものは、父を一番苦しめることになるものだった。授業は僕にとってはつねに苦痛の種だった。マルトと自由のために、それが我慢できないものになってしまったのだった。ルネが以前ほど好きでなくなったのは、単に、彼が何か学校のことを思い出させるせいにすぎないことを、僕はよく承知していた。僕は苦しんでいた。来年もまたこんな馬鹿《ばか》な級友たちとつきあわねばならないのかと思うと、この恐怖は肉体的にも僕を病気にした。ルネにとっては気の毒なことだが、僕は自分の悪癖を彼にすっかり感染させていた。

だから、僕ほどうまく立ち回れない彼が、アンリ四世校を放逐されたと彼の口から聞いたときには、てっきり自分もやられたものと思い込んだ。これは父に知らさねばならなかった。なぜなら、生徒監からの手紙、途中でごまかすにはあまりにも重大な手紙が来る前に、僕自身の口から知らせる方を父は喜ぶであろうから。

それは水曜日のことだった。その翌日、休みの日に、父がパリに出かけるのを待って、僕は母に前もって打明けた。母はこのニュースそのものよりも、このために四、五日間家の中がごたつくことを考えて、気づかった。それから僕は、マルトが多分あとから行くだろうと言っていたので、マルヌ川の岸べに出かけた。彼女はいなかった。いなくて仕合せだった。もし会っていたら、僕の愛情は悪くいきりたって、あとで父に食ってかかったであろうから。うつろで憂鬱《ゆううつ》な一日のあとに吹き荒れようとしている嵐のことを考えつつ、こうした場合には誰でもがそうのように、うなだれながら帰ってきた。いつも父が帰ってくる時刻の少しあとに僕は帰った。だから父は《知っていた》のだ。父に呼ばれるのを待ちながら、僕は庭を歩き回っていた。妹たちは黙って遊んでいた。何かあることを彼女たちは察していたのだ。険悪な空気にかなり興奮した弟の一人が、父が部屋にいるから行くようにと言った。

頭ごなしにどなられ、おどしつけられたのなら、僕も反抗したであろう。だがもっと始末が悪かった。父は黙っているのだった。それから、少しも怒らず、いつもより優しくさえある声で言うのだった。

「ところで、これからどうするつもりだね？」

目からあふれ出ることのできない涙は、まるで蜜蜂《みつばち》の群れのように、僕の頭の中でぶんぶんうなっていた。意志に対してなら、たといいかに無力でも僕の意志を対抗させることができたであろう。だが、こうした優しい態度にあっては、服従することしか考えられなかった。

「お父さまのおっしゃる通りにします」

「いやいや、もう嘘《うそ》を言ってはいけないよ。わしはいつもおまえの好きなようにさせておいた。これからも、今まで通りやるがいい。多分、わしにそれを後悔さすことだろうがね」

まだごく若いときには、女のように、涙がすべてを償ってくれるものと思いがちである。父は僕に涙を求めさえしなかった。父の寛大な態度に接して、僕は現在同様未来をも恥じた。というのは、何を言っても、嘘になりそうな気がしたからだった。

《将来新しい苦の種となるまで、せめて、この嘘が父を元気づけてくれたら》と僕は考えた。いや、そうではない。僕はまだ自分を欺《あざむ》こうとしていた。僕が欲していたのは、ほとんど散歩以上に疲れることもなく、また散歩と同じように、ひとときもマルトのことを忘れないですむ自由を心に残してくれるような勉強をすることだった。僕は、画を習いたいと思っていたのだが、これまで言い出せずにいたのだといったふりをした。今度も父はいけないとは言わなかった。ただ、学校で勉強するはずだったことを家で勉強し続けさえしたら、画を習うのは自由だと言うのだった。

お互いの関係がまだ緊密でないときには、会う約束を一度破っただけで、相手を忘れ去ってしまうものだ。あんまりマルトのことを考えすぎたために、今度はだんだん考えなくなってきた。僕の心の働きは、部屋の壁紙に対するわれわれの目の働きと同じだった。あんまり見慣れてしまうと、もはや目につかなくなる。

信じられないことだ！　僕は勉強に興味を覚えさえした。心配していたように、嘘はつかないで済んだ。

何かの拍子に、少しはまじめにマルトのことを考えさせられることがあると、うまく成功したかもわからないことに対して感ずるあの憂鬱を味わいながら、愛情を抜きにして彼女のことを考えるのだった。「ちえっ！」と僕は自分に言った。「あんまり虫のよすぎる話だったよ。寝台を選んだって、なにもその上で寝られるものとは限らないからな」

父の腑《ふ》に落ちないことが一つあった。生徒監から手紙が来ないのだった。このことで父ははじめて僕を叱《しか》りつけた。僕が手紙を途中で盗んで、いかにも自分から申出たようなふりをし、寛大な許しを得たのに違いないと思い込んだのだった。実際、そんな手紙は来なかったのだ。僕は放校されたものと信じ込んでいたが、それは僕の思い過しだった。だから、夏休みのはじめに、校長から手紙が来たときには、父はなんのことやらさっぱりわからず面くらった。校長は、僕が病気なのか、来学年も籍は残しておくべきなのか、と尋ねてよこしたのだった。

これでやっと父に満足を与えることができたという喜びが、そのころ僕が感じていた感情の空虚をいくらか満たしてくれた。それというのは、もうマルトを愛していないと思い込んではいたにしても、少なくとも、彼女のことを、僕にふさわしいただ一人の恋人と考えていたからだった。つまり、僕はまだ彼女を愛していたのだった。

僕がこんな気持でいたとき、彼女の結婚通知を受取ってから一カ月後の十一月の末に、外出から帰ってきた僕は、マルトからの招待状が来ているのを見た。それはこんな文句ではじまっていた。「どうして黙っていらっしゃるのかわたしにはさっぱりわかりません。なぜいらしてくださいませんの？　きっと、わたしの家具を選んでくださったことなど忘れておしまいになりましたのね？……」

マルトはJ……に住んでいた。彼女の家のある道はマルヌ川まで降りていた。両側の歩道に沿って、それぞれやっと十二、三軒の別荘が並んでいるだけだった。彼女の家が実に広壮なのにびっくりした。実は、家主の家族と一組の老夫婦が階下を共有し、マルトはただ二階だけを借りているのだった。

僕がお茶に行ったときには、すでに暗くなっていた。ただ一つの窓だけが、人影ではなく、火影《ほかげ》を映していた。波のようにゆらゆらしている炎で照らし出されたこの窓を見て、火事になりかけているのではないかと思った。庭の鉄門は半ば開かれたままになっていた。僕はこうした呑気《のんき》さ加減にびっくりした。呼鈴を捜した。だが見つからなかった。で、とうとう、石段を三つ上がって、中に人声の聞えていた一階の右手のガラスをたたく決心をした。一人の老婆《ろうば》が扉《とびら》をあけた。僕はラコンブ夫人（これがマルトの新しい姓だった）はどこに住んでいるかを訊《き》いた。「二階ですよ」そこで僕は、暗闇《くらやみ》の中を、つまずいたり、ぶっつかったりして、何か大変なことが起きたのではないかと生きた心地もなく、階段を駆けのぼった。扉をたたいた。あけてくれたのはマルトだった。危うく彼女の首に抱きつくところだった。難破をまぬかれたのちに、互いにやっと相手を見分けた人たちのように。彼女は面くらった。おそらく彼女は、僕をまるで気違いのように思ったに違いない。なぜと言って、まず第一に、なぜ《火が燃えている》のかを訊いたりしたから。

「あなたを待ちながら、客間の煖炉《だんろ》にオリーヴの薪《まき》をたいて、その光で本を読んでたのよ」

彼女の客間になっている小部屋に入ったとき――家具のあまり立て込んでいないこの部屋は、壁掛や、毛皮のように柔らかな厚い絨毯《じゅうたん》のために、まるで小箱のような感じがするほど小ぢんまりとしていた――僕は、自分の戯曲の上演を見て、あまりにも遅くいろんな欠点を発見した劇作家のように、うれしいような、またうれしくないような気持を覚えた。

マルトは再び煖炉の前に長く体《からだ》を横たえて、熾《おき》をかき立て、黒い燃え残りが灰と混じらないように用心した。

「多分あなたはオリーヴの木の匂《にお》いがお好きじゃないのね。これはお舅《しゅうと》さんが南仏の所有地からわたしのために送らせてくださったのよ」

マルトは僕の作品であるこの部屋に、自分が考え出した小道具を備えたことを弁解しているようだった。ことによると、この要素は、自分にはよくわからない全体の調子をぶちこわしたかもわからない、と彼女は考えたのだ。ところが事実は逆だった。この火は僕をうっとりとさせた。それから、僕と同じように、体の一方が熱くなるのを待って寝返りをうつ彼女を眺《なが》めることも。彼女の落着いた真顔は、この野性的な光に照らし出されているときほど美しく見えたことはなかった。この光は部屋いっぱいに拡《ひろ》がらずに、すべての力をじっと凝集させていた。だから、光から遠ざかると、そこは暗闇で、僕たちは家具にぶっつかったりした。

マルトは悪ふざけをするようなことは全然なかった。陽気にはしゃいでいるときでも、しんはまじめだった。

彼女のそばにいると、僕の心はだんだん麻痺《まひ》してきた。僕には彼女がこれまでとは違った人間に見えた。それは、もはや彼女を愛していないと確信している今、実は彼女を愛しはじめていたからだった。打算とか術策とか、このときまで、いやこのときもなお、恋愛にはつきものと信じていたものが、自分には到底できそうもなく思われてきた。いきなり自分が立派な人間になったような気がした。これがほかの人だったら、こうした急激な変化に、おそらく目を開かれたことであろう。だが僕には、自分がマルトを恋していることがわからなかった。それどころか、僕はこの変化を、僕の愛情が消えて、そのかわりに美しい友情が芽ばえてきた証拠だと思った。今後行末長く友達として交際していくのだと考えると、急に、友情以外の感情はいかに罪深いものであるか、そして、彼女を愛してい、彼女の所有者でありながら彼女に会うことができずにいる人をいかに傷つけることになるかを認めざるを得なくなった。

だが、僕のほんとうの気持を教えてくれるものがほかにあったはずである。数カ月前、彼女に会っていたころは、愛していると称しながらも、彼女を批判し、彼女が美しいとするものの大部分を醜いとし、彼女の言う大部分のことを子供っぽいとせずにはいられなかった。それが今では、もしも彼女と意見が違うと、自分が間違っていると思うようになっていた。はじめは野卑な欲望が僕を欺いていたのだが、今は、ずっと奥深い、優しい感情が欺いているのだった。やってやろうと決心していたことが、もはや何一つできそうになく思われた。僕はマルトを尊敬しはじめていた。なぜならば、彼女を愛しはじめていたから。

僕は毎晩訪れた。彼女の部屋を見せてくれるように頼んでみようとか、ましてや、僕たちの選んだ家具をジャックがどう思ったか訊いてみたいなどとは、ついぞ考えもしなかった。互いに体を寄せて煖炉のそばに寝そべっているこの永遠の婚約以外には、僕はもはや何ものも望んではいなかった。そして、ちょっとした身ぶりをしても幸福が逃げ出しはしないかと恐れて、僕は身動きもできなかった。

だが、この同じ魅惑を味わっていたマルトは、自分だけが味わっているものと思い込んでいた。僕が気だるそうにいい気持に浸っているのを、彼女は僕が冷淡なのだと誤解した。僕が愛していないのだと思い込んで、もしも僕を自分の方にひきつける何か策を講じなければ、僕がすぐにこの静かな客間に飽きてしまうだろうと想像をめぐらした。

僕たちは黙っていた。僕はそこに幸福のしるしを見ていた。

僕は自分がマルトの間近にいることを感じていたし、それに、自分たちは同じときに同じことを考えているのだと固く信じていたので、彼女に話しかけることは、自分一人でいるときに大きな声でしゃべること同様、愚かしいことに思えたであろう。だがこの沈黙は、この気の毒な女性には耐えがたいものだった。気持を通わせるもっと微妙な方法のないのは嘆かわしいことだが、おそらくは、言葉とか身ぶりとかいう蕪《ぶ》雑《ざつ》な方法を用いるのが、この場合僕にとっては賢明なわざだったかもわからない。

日に日に、僕がこうした快い沈黙に沈んでいくのを見て、マルトは、僕がだんだん退屈してきたのだと想像した。僕の気持を紛らすためには、どんなことでもしかねない気持になっていた。

彼女は髪をほどいて、火のそばで眠るのが好きだった。というよりはむしろ、眠っていると僕が思い込んでいたのだった。彼女の眠りは、その両腕を僕の首に巻きつけ、目が覚めると、目をうるませながら、悲しい夢を見たと僕に語るための口実だったのだ。どんな夢を見たか、決して話そうとはしなかった。僕はこの狸寝入《たぬきね》りを利用して、彼女の髪や、首筋や、燃えるような頰の匂いを嗅《か》いだ。彼女が目を覚まさないように、それらにそっと触れながら。あらゆる愛撫《あいぶ》は、ひとが思っているように、愛情の小銭ではない。それどころか、情熱だけが使用することのできる最も貴重な貨幣である。僕は、自分の友情にも愛撫は許されるものと信じていた。だが、愛情のみが女性に対する権利をわれわれに与えてくれるものではないかと、僕は真剣に絶望を感じはじめていた。僕は考えた。愛情などはなくても済ませるが、マルトに対していかなる権利も持たないということは絶対に許せない、と。そこで、この権利を得るために、口惜《くや》しいとは思いながらも、愛する決心をしさえした。僕はマルトを欲していたが、自分ではそれがわかっていなかったのだ。

僕の片腕に頭をもたせかけて、彼女がこうして眠っているとき、僕は、炎に包まれたその顔を見ようと、彼女の上にかがみこんでいた。それは火と戯《たわむ》れることだった。ある日のこと、僕はあまりにもそばに寄りすぎた。だが、僕の顔はまだ彼女の顔に接するまでになっていなかった。そのときの僕は、立入禁止の区域に一ミリだけ踏み込んで、磁石に引きつけられた針だった。こうなったのは磁石の罪だろうか、それとも針の罪だろうか？　こうして僕は、僕の唇が彼女の唇に押しつけられているのを感じたのだった。彼女はまだ目を閉じていた。だが、明らかに、眠ってはいない人のようだった。僕は彼女に接吻《せっぷん》して、自分の大胆さにわれながら驚いたが、僕が彼女の顔に近づいたとき、僕の顔を自分の唇に引寄せたのは、実は彼女だった。彼女の両の腕は、僕の首にしがみついていた。難破にあった場合でも、これほど激しくしがみつくことはあるまい。そして、彼女は僕に助けてもらいたいと思っているのか、それとも僕をも一緒におぼらせようとしているのか、僕には全く見当がつかなかった。

今、彼女は坐《すわ》っていた。膝《ひざ》の上に僕の頭をのせ、僕の髪を撫《な》でながら、優しい調子で僕に繰返した。「あんた、帰らなくちゃいけないわ。もう二度といらしちゃ駄目よ」僕には彼女を《あんた》と呼ぶことができなかった。もうこれ以上黙ってはいられないとなると、彼女に直接呼びかけないですむように文章を組み立てながら、長い時間かけて、あれこれ言葉を捜した。なぜといって、《あんた》と呼ぶことはできなかったが、《あなた》と呼ぶのはなおのこと不可能なように感じられたからだった。涙で体が熱くなってきた。マルトの手の上に一滴落ちたら、きっと彼女は叫び声をあげるに違いないと思った。僕は、彼女の方から接吻したことを忘れてしまって、彼女の唇に唇を押しつけるなんて実際馬鹿《ばか》げたことをしたものだと考えながら、せっかくのいい気分を台なしにしてしまった自分を責めた。「あんた、帰らなくちゃいけないわ。もう二度といらしちゃ駄目よ」怒りの涙が苦しみの涙に混じってきた。こうして、罠《わな》にかかった狼《おおかみ》の怒りは、罠同様、狼自身を苦しめるものだ。もしも僕が口を開いたら、おそらくマルトを罵倒《ばとう》したに違いない。僕の沈黙は彼女を不安にした。彼女はそれをあきらめと解釈した。「いまさらどうにもならないんだから、結局、この人が苦しむのも仕方がないことだわ」と、彼女が考えているものと、いけないことながらも僕は想像したが、ことによるとこれは図星だったかもわからない。こんなに火が燃えているのに、僕はぶるぶる震え、歯ががたがた鳴った。僕を少年時代から脱け出させた本当の苦しみに、子供っぽい感情も加わっていた。僕は、大詰めが気に入らなくて立ち去ろうとしない観客のようだった。僕は彼女に言ってやった。「誰が帰るもんか。あなたは僕を馬鹿にしてるんだ。二度とあなたの顔なんか見たくないよ」

両親の家に帰りたくもなかったが、マルトにももう会いたくなくて、僕はそんなことを口走った。むしろ彼女をこの家から追い出してやりたかった！

だが彼女はすすり泣いていた。「あんたってまるで子供ね。だから、帰ってちょうだいって頼むのは、わたしがあんたを愛しているからだってことがわからないのね」

彼女には妻としての義務があることも、夫が出征していることも、自分はよく承知してると、僕は憎悪《ぞうお》をこめて言ってやった。

彼女は頭を横に振った。「あんたを知る前は、わたし、幸福だったわ。婚約者を愛してると思い込んでたんですもの。わたしをよく理解してくれなくても、わたしは許してたわ。わたしがあの人を愛してないことをわたしに教えたのは、実はあんたなのよ。わたしの義務は、あんたが考えているようなものじゃないわ。それは、夫を裏切らないことじゃなくて、あんたを裏切らないことよ。さあ、帰ってちょうだい。後生だから、わたしのことを悪い女と思わないでね。わたしのことなんかすぐに忘れてしまってよ。そうよ、わたし、あんたの一生を不幸にしたくないわ。わたし、泣いてるのよ。だってわたし、あんたにはお婆《ばあ》さんすぎるんですもの!」

この愛の言葉には、子供っぽい中にも崇高なところがあった。今後、僕がどんな情熱を感ずることがあるとしても、十九歳の少女がお婆さんすぎると言って泣くのを見て覚えたこうしたすばらしい感動は、おそらく二度と経験することはないであろう。

最初の接吻の味は、はじめて味わう果実のように、僕を失望させた。われわれは、新しいものの中にではなく、習慣の中に最も大きな快楽を見いだすものである。だから、数分後には、僕はマルトの唇に慣れてしまっただけではなく、もはやそれなしには済まされなくなってしまった。するとそのときになって、永久に触れないでほしいと彼女は言い出したのだった。

その晩、マルトは家まで送ってきてくれた。より一層彼女のそばにいることを感じたくて、僕は彼女の外套《がいとう》の下に身を潜めて、彼女の胴を抱いていた。もう彼女は、会ってはならないなんて言わなかった。それどころか、数分のちには別れねばならないことを考えて、沈みきっていた。そしていろんな、たわいもないことを僕に誓わせた。

家の前まで来ると、彼女を一人で帰したくなかったので、彼女の家まで送って行った。おそらく、こうした子供らしいまねは、いつまでやってもきりがなかったであろう。なぜならば、彼女はまた僕を送ってきたがったから。僕はそれを受入れた。ちょうど道の半分のところで別れることを条件として。

僕は夕食に三十分遅れた。こうしたことは初めてだった。僕は遅れたことを汽車にかこつけた。父はそれをほんとうにしているようなふりをした。

もはや僕の心に重くのしかかっているものは何一つなかった。道を歩くにも、夢の中でのように軽々と歩いた。

これまでは、ほしくてたまらないものも、子供なるがゆえにあきらめねばならなかった。ところでまた、玩具《おもちゃ》を貰《もら》っても、お礼を言わねばならないので、せっかくの気分がぶちこわしになったものだった。玩具がひとりでにやって来るものだったら、子供はどんなに有頂天になることだろう！　僕は情熱に酔っていた。マルトは僕のものだった。しかも、そう言ったのは、僕ではなくて、当の彼女なのだ。僕は自分の思うがままに、彼女の顔にさわり、目や腕に接吻し、着物を着せたり、また彼女をもみくちゃにしてやることさえできた。僕は無我夢中になって、彼女の母親が、娘に恋人ができたのではないかと怪しむようにと、彼女が肌をあらわに出している個所に嚙《か》みついた。僕はそこに、僕の頭文字をつけてやりたかった。僕の子供らしい野蛮性は刺青《いれずみ》の古い意味を見つけ出していた。マルトは言った。「そうよ、嚙んでちょうだい、しるしをつけてちょうだい。みんなに知ってもらいたいわ……」

僕は彼女の乳房《ちぶさ》に接吻できたらと思った。だが、唇と同じように、そのうち彼女の方から提供してくれるだろうと思って、あえてそれを求めようとはしなかった。それに、数日後には、彼女の唇に接吻する習慣がついてしまったので、それ以外の快楽は考えなくなってしまった。

僕たちは煖炉《だんろ》の光で一緒に本を読んだ。毎日のように夫が戦線から送ってよこす手紙を、彼女はしばしばその火の中に投げ込んでいた。それらの手紙の不安な調子を見ると、マルトの手紙がだんだん優しい愛情を失い、それに間遠になっていることが読み取れた。それらの手紙が燃えるのを見ていると、僕は不愉快にならずにはいられなかった。手紙は一瞬火をぱっと燃え立たせた。結局、僕は事がはっきりしてくるのを見るのがこわかったのだ。

マルトは今でもよく、ほんとうに初めて会ったときから好きだったのかと尋ね、結婚前にそれを言わなかったことを責めた。それを聞いていたら自分は結婚しなかっただろうと言うのだった。なぜなら、婚約の当初はジャックに一種の愛情を抱いていたが、戦争のために婚約の期間があまりにものびのびになり、彼女の愛情もだんだん冷《さ》めていったのだった。結婚したときには、彼女はもはやすでにジャックを愛していなかった。ジャックに与えられたあの半カ月の休暇が、ことによったら自分の気持を変えてくれるかもわからないと、彼女はひそかに希望をかけていたのだった。

ジャックは不器用だった。愛している者は、つねに、愛情を持っていない相手をうるさがらせるものである。ジャックの方は日ましに彼女を愛していった。彼の手紙は苦しみ悩んでいる者の手紙だったが、あまりにもマルトを神聖化して、裏切りなどできないものと信じきっていた。だから、自分だけを責めて、一体おまえをどんな不愉快な目にあわしたというのだろう、ぜひ説明してほしいと懇願するばかりだった。「おまえのそばにいると、自分がいかにも粗野に見える。僕の一つ一つの言葉がおまえの気分をそこねるのが感じられる」それに対してマルトはただ、それは彼の誤解で、自分は決して彼を非難などしてはいないと答えるだけだった。

それは三月の初めだった。早くも春は訪れてきていた。僕と一緒にパリに行かない日は、マルトは化粧着一枚で、相変らず舅《しゅうと》から送ってきたオリーヴの薪《まき》が燃えている煖炉の前に体をのばしながら、僕が絵の勉強から帰ってくるのを待っていた。彼女はもっと薪を送ってくれるように頼んだのだった。未経験なことに直面して感ずる臆《おく》病《びょう》でないとしたら、果してどんな臆病が僕を引止めていたのだろう？　僕はダフニスのことを考えていた。この場合は、いくらか手ほどきを受けているのはクロエの方で、ダフニスは、それを自分にも教えてくれとは頼みかねているのだ。実際は、僕は彼女のことを、むしろ、新婚当初の十五日間を見知らぬ男に預けられて、その男のために数回手ごめにされた処女のように考えてはいなかっただろうか？

夜、一人寝床の中でマルトの名前を口に出して呼んだ。自分では一人前の大人と信じているくせに、彼女をわがものにしてしまうほどに大人でないことが、われながら恨めしく思われた。毎日、彼女の家に出かけるたびごとに、今日こそは彼女をものにしないでは帰るまいと心に誓うのだった。

一九一八年三月、僕の十六歳の誕生日に、怒らないでねと言いながら、マルトは自分のと同じ化粧着を僕にくれて、彼女の家で僕がそれを着たところを見たいと言った。あんまりうれしかったので、これまで一度だってそんな口をきいたことのない僕が、危うく、僕のプレテクスト（訳注 口実という意味とローマの若い貴族が着ていた白衣の意がある）だな！ としゃれをとばすところだった。なぜといって、これまで僕の欲望を妨げていたものは、彼女は着物を着ていないのに、僕が着ているのは滑稽《こっけい》ではあるまいかという恐れだったのだ。まず、僕はさっそくその日にこれを着ようと思った。それから、彼女がこんなものを贈ってくれたのは、そこに非難の意味が含まれていることがわかって、思わず顔をあからめた。

恋愛関係ができた当初から、マルトは部屋の鍵《かぎ》を僕に渡していた。偶然町に出かけることがあっても、僕が庭で待っていなくてもすむようにとだった。僕はこの鍵をもっと濫用《らんよう》することだってできたのだ。それは土曜日のことだった。僕は翌日昼飯に来ることを約束して、マルトと別れた。だが、心の中では、その晩できるだけ早く戻ってくることに決めていたのだった。

夕食の時両親に、翌日ルネとセナールの森を遠足するつもりだと言った。そのためには朝の五時に出発しなければならなかった。そのころはまだ家中の者は眠っているから、何時に僕が出かけたか、また外泊したかどうかも、誰も見破ることはできないであろう。

僕がこの計画を話すと、母はさっそく、途中で食べるように、手さげ籠《かご》に御馳走《ごちそう》をいっぱいこしらえてあげようと言い出した。僕ははたと当惑した。この籠は僕の行為のロマネスクな趣と崇高な調子をめちゃめちゃにしてしまった。彼女の部屋に入って行ったときの彼女の恐怖をあらかじめ味わっていた僕が、今は買物籠を腕にぶらさげたお伽噺《とぎばなし》のシャルマン王子の御入来を見てふき出す彼女の姿を思い浮べねばならなかった。ルネがすべてを準備しているからと言っても駄目だった。母は聞こうとしなかった。これ以上逆らっては、疑念を呼びさます恐れがあった。

ある人たちには不幸なことが、他の人たちには幸福となることがある。母が、僕の最初の恋の一夜をあらかじめ台なしにしてしまったこの籠に御馳走を詰めているあいだ、僕は弟たちの物ほしそうな目を見ていた。こっそり彼らにやってしまおうかとも考えた。だが、一旦《いったん》食べてしまうと、鞭《むち》で打たれるのがこわいのと、僕を困らせるのが面白いのとで、何もかもぶちまけてしまうかもわからなかった。

どこに隠しても十分に安心とは思われなかったので、結局あきらめねばならなかった。

両親が確実に寝たことを確かめたいので、十二時前には出かけまいと心に誓っていた。僕は本を読もうと努めた。だが、役場の時計が十時を打ち、両親もすでにしばらく前から床についていたので、僕は待ちきれなくなった。両親は二階にい、僕は一階にいた。できるだけ音を立てないように塀《へい》を乗り越えるために、僕は靴を履《は》かなかった。片手に靴を持ち、もう一方の手に、瓶《びん》が入っているので危なっかしい籠を持って、用心深く勝手の小さな戸をあけた。雨が降っていた。ありがたい！　雨で物音が聞えないだろう。両親の部屋の灯がまだ消えていないのを見て、寝に帰ろうとした。だが、せっかく出かけてきたのだ。もう、靴の用心はしていられなかった。雨が降っているので履かねばならなかった。それから、門の鈴が鳴っては困るので、塀を越さねばならなかった。僕は塀に近づいた。塀には、夕食後、楽に逃げ出せるようにと、あらかじめ庭椅子《いす》を寄せておいた。この塀には瓦《かわら》が葺《ふ》いてあった。瓦は雨ですべりやすくなっていた。ぶらさがった拍子に瓦が一枚落ちた。心配のあまり、僕にはその音が十倍にも聞えた。今度は道に飛び降りねばならなかった。僕は籠を口にくわえた。僕は水たまりの中に落ちた。両親が何かに気がついて動きはしないかと、明るい窓を見上げて、しばらく立ちつくしていた。窓はそのまま、別に人影も映らなかった。無事だったのだ！

マルトの家まで行くのに、僕はマルヌ川の岸に沿って行った。籠をどこかの草むらに隠しておいて、翌日取りに行くつもりだった。戦争のために、こうしたことは、非常に危険な仕事だった。実際、草むらがあって、籠を隠すことができそうなただ一つの場所には、J……橋を警備している歩哨《ほしよう》が立っていた。ダイナマイトをしかける男よりももっと青い顔をして、僕は長いことためらっていた。それでもやはり、なんとか食料を隠した。

マルトの家の門は閉ざされていた。いつも郵便受の中に置いてある鍵を取った。爪先《つまさき》立って小庭を横切り、それから入口の石段をのぼった。階段をのぼる前に再び靴を脱いだ。

マルトは神経質な女性だった！　僕が部屋に入るのを見たら、ことによると気絶するかもわからない。体ががたがた震えた。鍵穴が見つからなかった。やっと、ひとの目を覚まさないように、ゆっくり鍵を回した。控え室では、傘《かさ》立てにぶっつかった。呼鈴をスイッチと間違えはしないだろうかと気がかりだった。僕は手探りで部屋まで行った。まだ逃げ出したい気持がして立ち止った。おそらくマルトは絶対に僕を許してはくれないであろう。それとも、突然、彼女が僕をだましていることがわかり、他の男と一緒にいるところを見つけでもしたら！

僕は扉をあけた。そしてささやいた。

「マルト？」

彼女が答えた。

「こんなにこわがらすくらいなら、いっそあすの朝にしてくださればよかったのに。じゃ、休暇が一週間早くなったの？」

彼女は僕をジャックと思っていたのだ！

さて、彼女がどんなふうに彼を迎えるかはわかったが、同時に、すでに何かしらを僕に隠していることもわかった。では、ジャックは一週間後に帰ることになっていたのだ！

僕は灯をつけた。彼女は壁の方に向いたままだった。「僕だよ」と言うのは簡単だった。だが僕は言わなかった。僕は彼女の首筋に接吻した。

「顔がびっしょり濡《ぬ》れててよ。さあ、ふくがいいわ」

そう言って彼女は振向き、あっと叫び声をあげた。

たちまち彼女の態度は変った。そして、僕が夜やって来た説明も聞こうとせずに、

「まあ、かわいそうに、病気になるわよ！　早く着物を脱いで」

彼女は駆けて行って、客間の火をかき立てた。部屋に戻って来ると、僕が動かずにじっとしているので、彼女は言った。

「手伝いましょうか？」

何よりも、着物を脱がねばならぬ瞬間を恐れ、その滑稽さ加減を考えていた僕は、雨に感謝した。雨のおかげで、こうやって着物を脱ぐことが、母親にでも手伝ってもらっているような気がするのだった。だがマルトは、僕に飲ますグロッグ（訳注　ブランデーを砂糖湯でわった飲物）の湯が沸いたかどうかを見るために、台所に行ったり来たりしていた。やが

て彼女は、羽根布団《ぶとん》で半身を隠して、寝台の上に裸でいる僕を見つけた。彼女は僕を叱《しか》った。裸でいるなんて無茶だ、オー・デ・コロンで体を摩擦しなくてはならないと言った。

それからマルトは、衣裳《いしょう》ダンスをあけて、寝間着を投げてよこした。「ちょうどあんたに合うはずよ」ジャックの着物だ！　そのとき、この兵士が帰ってくるかもわからないと僕は考えた。だって、マルトもそう信じたくらいだから。

僕は寝台に入っていた。マルトもあとから入ってきた。僕は灯を消すように頼んだ。というのは、彼女の腕に抱かれていても、自分の臆病さが気がかりだったから。暗闇《くらやみ》は僕に勇気を与えてくれるであろう。マルトは優しく答えた。

「駄目。わたし、あんたの眠ってるところが見たいんですもの」

優しさに満ちあふれたこの言葉を聞いて、僕はなんだか気詰りを覚えた。僕はこの言葉の中に、一切を賭《と》して僕のものになろうとしているこの女性、僕の病的な臆病を見抜くことができないで、自分のそばに僕が寝ることを許したこの女性の痛ましい愛情を見た。四カ月このかた、僕は彼女を愛していると口では言ってきたが、まだその証拠は与えていなかった。男たちがあんなにも惜しげもなく与え、そしてしばしば彼らの愛情のかわりをしているあの証拠を。僕は強引に灯を消した。

先刻マルトの家に入る前のあの胸騒ぎを再び覚えた。だが、戸の前で待っているのと同じで、愛情の前でそう長く待っていられるものではなかった。それに僕の想像力は、それがもはや考え及ばないほどの快楽を期待していた。それからまた、このときはじめて、自分が彼女の夫に似ていて、僕たちの最初の恋の瞬間についてマルトにいやな思い出を残しはしないかと心配した。

そこで、彼女の方が僕よりも幸福だった。だが、組み合っていた腕をほどいた瞬間、彼女のすばらしい瞳《ひとみ》は僕の不安を十分に償ってくれた。

彼女の顔は相が変っていた。宗教画に見るような、たしかに彼女の顔を取囲んでいるあの後光に触れることのできないのが不思議にさえ思われた。

これまでの心配がなくなってほっとすると、さらに別な心配が頭をもたげてきた。

それというのは、臆病なためにこれまでやりかねていたあの行為の力がやっとわかってみると、マルトが、自分で言っている以上に夫のものではあるまいかと心配になってきたのだった。

生れてはじめて経験したこの味は僕にはまだよく理解できないので、こうした恋の遊びは日一日とだんだんに知って行くよりほか仕方がなかった。

だがそれまでは、まだ本物となりきらない快楽は、男性のほんとうの苦しみを僕にもたらした。それは嫉妬《しっと》である。

僕はマルトを恨んだ。なぜなら、感謝に輝いた彼女の顔で、肉体の関係がどれほどの価値を持つものであるかが僕にもわかったからだった。僕は、自分より前に彼女の肉体を目ざめさせた男を呪《のろ》った。僕はマルトの中に処女を見ていた己れの愚かしさを思った。他の時代だったら、彼女の夫の死を願うのは子供らしい空想だったにちがいない。だが、この願いは、自分で手を下したのとほとんど同じくらい罪深いものとなっていた。僕の幸福は戦争のおかげで生れかかっていた。僕はその大詰めもまた戦争に期待していた。ちょうど無名の者がわれわれのかわりに罪を犯してくれるように、戦争が僕の憎悪《ぞうお》に助力してくれることを期待していたのだった。

今、僕たちは一緒に泣いていた。幸福のせいなのだ。マルトは、その結婚を邪魔しなかったことを僕に責めた。「だが、そうしたら、僕は自分の選んだこの寝台にいられるだろうか？　彼女は両親の家で暮しているだろう。僕たちは会うこともできまい。彼女は決してジャックのものにはなっていなかったであろうが、僕のものにもならないであろう。彼がいなければ、比べるものがないので、もっと高きを望んで、おそらく今も後悔しているであろう。僕はジャックを憎んではいない。一切が、僕たちがだましているこの男のおかげをこうむっているという厳然たる事実が憎いのだ。だが僕はあまりにもマルトを愛しているので、僕たちの幸福が罪悪であるとは考えられない」

僕たちはほとんど何も自由に処理することのできない、まだほんの子供にすぎないことを、一緒に泣き悲しんだ。マルトを奪おう！　彼女は僕以外の誰のものでもないのだから、結局、僕の方が彼女を奪われるのだ。なぜといって、人々は僕たちの仲をさくだろうから。すでに僕たちは戦争の終りを考えていた。戦争の終りは、また僕たちの恋の終りでもあろう。僕たちはそれを知っていた。マルトがいかに、すべてを捨てて僕のあとを追ってくると誓っても無駄だった。僕はひとに反抗できる性質ではないし、また、マルトの身になって考えてみても、そんな無茶な離婚は想像できなかった。マルトは、なぜ自分がお婆《ばあ》さんすぎると思うかを説明した。十五年たっても、僕にとっては人生はまだ始まったばかりでしかなく、今の彼女の年ごろの女性が僕を愛するだろうと言うのだった。「わたしは苦しむばかりだわ」と彼女は付け加えた。「あんたに捨てられたら、わたし死ぬわ。たとい、そばにいてくれても、それはあんたが気が弱いからで、そんなふうにあんたが自分の幸福を犠牲にするのを見たら、わたし苦しむに違いないわ」

そう言われて憤慨はしたが、そんなことはないとはっきり確信があるように見えない自分が腹立たしかった。だがマルトはそう確信させてもらうことしか望んでいなかった。そして僕の最も拙劣な理由も、彼女には立派な理由に思えた。彼女は答えた。「そうね、そのことわたし考えていなかったわ。あんたが嘘《うそ》言ってないということ、よくわかってるわ」マルトの心配を前にして、僕は自信がぐらつくのを感じた。すると、僕の慰めの言葉も力のないものになってしまった。僕はただお世辞で彼女の思い違いをさとらせてやっているという格好だった。僕は彼女に言った。「いや、いや、それは違う。あんたの頭はどうかしてるよ」ああ！　僕は若さにあまりにも敏感だったので、マルトの青春が色あせ、僕のそれが花開くあかつきには、おそらく彼女から離れるだろうと考えていた。

僕の恋は決定的な形に達したように自分には思われたが、実は、まだ素描の状態でしかなかった。それはちょっとした障害にも勢いが鈍った。

さて、この夜僕たちの魂がしでかした狂気の沙汰《さた》は、肉体のそれ以上に僕たちを疲れさせた。一方が一方から僕たちを休ませてくれるように見えたが、実は両方が僕たちをへとへとにしたのだった。雄鶏《おんどり》が時をつくっていたが、その数がだんだんふえていった。雄鶏は一晩中時をつくっていた。雄鶏は太陽ののぼるときに歌うという詩が誤っていることに気がついた。これは別に異常なことではなかった。ただ、僕の年ごろでは、不眠ということをまだ知らないのだ。だが、マルトもこれに気がついて、あんなに驚いたところをみると、彼女もはじめて知ったものにちがいなかった。彼女の驚きは、これまでにジャックと夜通し起きていたことのない証拠を見せてくれたので、僕は彼女をぐっと抱きしめた。彼女には、どうして僕がこんなに強く抱きしめたか、その理由がわからなかった。

僕は不安のあまり、僕たちの恋愛を例外的な恋愛のように考えていた。恋愛も詩と同じで、恋する者は、どんなに平凡な人間でも、自分たちこそ新機軸を出しているように思い込むものだが、われわれはそういうことを知らずに、こんな悩みを感じているのは自分たちがはじめてだと信じ込んでしまう。僕もまた彼女と同じ心配をしているのだということを彼女に思い出させようとして、(そんなこと信じてもいないのに)僕はこんなことを言った。「あんただって僕を捨てて、ほかの男たちが好きになるだろうよ」すると彼女は、自分には、決してそんなことはしない自信があるとはっきり言った。僕の方は、なにぶん不精ときているので、結局僕たちの永遠の幸福は彼女の気力次第ということになるだろうから、彼女が年を取っても、相変らず彼女にくっついているかもわからないと、だんだんそんなふうに考えるようになっていた。

裸のまま、僕たちはいつしか寝込んでいた。目が覚めてみると、彼女が布団をはいでいるので、風邪《かぜ》をひきはしないかと心配になった。体にさわってみた。燃えているように熱かった。その寝姿を見ていると、激しい欲情がむらむらとわいてきた。十分たつと、この欲情は耐えがたく思われてきた。僕はマルトの肩の上に接吻《せっぷん》した。彼女は目を覚まさなかった。もっと無遠慮な二度目の接吻は、目覚時計のように、激しく作用した。彼女ははっと飛び上がった。そして目をこすりながら、僕を接吻でおおうた。まるで、愛する人の死んだ夢を見たのに、その人を寝床の中で再び見いだしでもしたかのように。だが彼女の場合は、これとは反対で、現実にほんとうにあったことを夢だと思っていたところが、目が覚めてみると僕がそこにいたのだ。

もう十一時だった。僕たちがチョコレートを飲んでいると、呼鈴が聞えた。僕は、ジャックだな、と思った。「彼が武器を持っててくれればいいが！」あんなに死を恐れていた僕が震えていなかった。それどころか、二人を殺してくれるなら、ジャックであってもかまわないと思った。これ以外の解決法は、どれも愚かしく思えた。

従容《しょうよう》として死に直面するということは、一人の場合でなければ、問題になり得ない。二人で死ぬのは、神を信じない人々にとっても、それはもはや死ではない。悲しいのは、生命と別れることではなくて、生命に意義を与えるものと別れることである。

恋愛がわれわれの生命であるときは、一緒に生きていることと、一緒に死ぬこととのあいだに、どんな相違があろう？

僕には自分を英雄と思い込む暇はなかった。というのは、ジャックはおそらくマルトか僕か、とにかく一人しか殺さないだろうと思って、僕は自分の利己主義を秤《はかり》にかけてみたのだった。だが、この二つの悲劇のうちのどちらがより悲劇であるか、果して僕にわかったであろうか？

マルトが身動きもしないので、これは僕の耳のせいで、家主《やぬし》の方の呼鈴が鳴ったのだろうと思った。だが、再び呼鈴が鳴った。

「黙ってて！　動かないでね！」と彼女はささやいた。「きっとお母さんよ。ミサの帰りにお寄りになるのをすっかり忘れてたわ」

僕は彼女の犠牲の一つを目の前で見ることができてうれしかった。恋人や友達は、約束の時間に数分おくれて相手に会えないと、たちまちしょげてしまうものだ。僕は彼女の母親にそうした苦しみを与えながら、彼女の心配する様子を味わい楽しんでいた。そして彼女がこんな心配をするのも僕のせいだと考えて、うれしい気持になっていた。

なにやらこそこそ話のあとで、(明らかにグランジエ夫人が、今朝娘を見かけたかどうかを下で訊《き》いていたのだ）庭の門のしまるのが聞えた。マルトは鎧戸《よろいど》の後ろからそっと見て、それから僕に言った。「やっぱりお母さんよ」僕もまた、娘の解《げ》せない留守を気にしながら、祈禱書《きとうしょ》を片手に帰って行くグランジエ夫人の後ろ姿を見る喜びを押えることができなかった。夫人はもう一度、閉ざされた鎧戸の方を振返って見た。

もはや、これ以上に望むべきもののなくなった今は、自分が不当な人間になっていくのが感じられた。僕はマルトがいささかの躊躇《ちゅうちょ》もなく母親に嘘がつけるのを、深く心に悲しんでいた。そこで意地悪く、彼女の嘘つきを責めた。だが愛情というものは、二人の利己主義《エゴイズム》であり、一切を己れのために犠牲にし、嘘で生きるものだった。同じ悪魔にそそのかされて、僕はまた夫の帰休を隠していたことを責めた。これまでは、マルトを支配する権利は自分にはないような気がして、自分のわがままを押えていたのだった。僕の冷酷な仕打ちにも、ときどき小止《こや》みの瞬間があった。そうしたときは、僕は苦しみを訴えた。「今に、僕なんかきらいになるよ。あんたの御主人と同じように乱暴だからね」「あの人、乱暴じゃないわ」と彼女は言った。すると僕は一層いきり立った。「じゃ、あんたは僕たち二人をだましてるんだ。あの人が好きだと言いたまえ。喜ぶがいいや。一週間のちには今度はあの人とぐるになって僕をだませるんだからね」

彼女は唇を嚙《か》みしめて泣いていた。「わたしが何をしたからって、そんなに意地悪するの？　お願いよ、わたしたちの幸福の第一日を台なしにしないでちょうだい」

「今日があんたの幸福の第一日だなんて、それじゃ、まるで僕なんか愛してないんだ」

　こうした毒舌は、むしろそれを言う者を傷つけるものだ。僕は自分が何を言ってるのか、全然考えていなかった。だが言わずにはいられなかった。自分の愛情が募りに募ってきていることは、マルトに説明できなかった。僕の愛情はたしかに成年に達したのだ。そしてこの残忍な意地悪は、情熱に変りつつある愛情の声変りだったのだ。

　僕は苦しかった。そしてこうした悪口はどうぞ忘れてくれるようにマルトに哀願した。

家主のところの女中が、扉の下から手紙を差込んだ。マルトがそれを取上げた。ジャックからの手紙が二通あった。僕のいぶかしげな目つきに答えて、「どうぞ好きなようになすっていいわ」と彼女は言った。僕は恥ずかしくなった。読むのはいいが、内容は自分一人の胸の中にたたみ込んでおいてくれと僕は頼んだ。マルトは、われわれを最も悪性の挑戦的態度に駆りたてるあの反射作用で、封筒の一つを引き裂いた。破りにくかったところをみると、長い手紙だったにちがいない。彼女のこの動作がきっかけとなって、僕はまた彼女を責め立てた。僕はこうした挑戦的な態度がきらいだった。彼女は後悔するにきまってるのだ。僕はとにかく自分をじっと押えた。こうした場面から想像すると、マルトを意地悪と思わずにはいられなかったが、二通目の手紙を破かせたくないと思ったので、これは言わずに胸にしまい込んだ。僕の頼みで、彼女はそれを読んだ。彼女に最初の手紙を破かせたものは反射作用だったかもわからないが、二通目の手紙に大急ぎで目を通したのちに、彼女にこう言わせたのは決して反射作用ではなかった。「破かなくって仕合せだったわ。ジャックの小隊では休暇が延期になったんですって。この一月《ひとつき》は帰って来ないわ」

こうしたはしたない言葉を見のがしてくれるのは愛情だけだった。

この夫のことが気になりはじめた。彼が家にいて、用心しなければならない場合よりも一層気になるのだった。彼からの一通の手紙は、突然亡霊のような重大性を持ってきた。僕たちはおそい昼飯をすませた。五時ごろ川のほとりに散歩に出かけた。僕が歩哨《ほしょう》の見ている前で、草むらから例の籠《かご》を出すと、彼女はびっくりした。籠の話は彼女を大いに面白がらせた。僕はもうこの話がグロテスクなのを恐れていなかった。僕たちは、自分たちの態度がひどく無作法なのにも気がつかず、ぴったり寄り添って歩いていた。指はからみあっていた。日和《ひより》に恵まれた第一日曜日だったので、まるで雨のあとの茸《きのこ》のように、麦藁《むぎわら》帽子の散歩者があちらこちらに見えた。マルトの知人たちは、彼女に挨拶《あいさつ》するのを遠慮していた。だが彼女の方では、なんにも気づかずに、無邪気に挨拶の言葉をかけていた。彼らはそれを虚勢と見て取ったに違いない。彼女は、僕がどんなふうにして家を抜け出したかを知りたくて聞いた。彼女は笑っていた。だがその顔がすぐに曇ってきた。そして、僕の指を力いっぱい握りしめて、僕がそれほどの危険を冒したことを感謝した。籠を置くために、僕たちは彼女の家に寄った。

実を言うと、こうした冒険にふさわしい結末として、この籠の御馳走《ごちそう》は軍隊に寄付しようと、ちょっと考えたのだった。だが、そうした結果はきざっぽくて不愉快だったので、自分一人の胸の中にしまい込んでおいた。

マルトはマルヌ川に沿って、ラ・ヴァレンヌまで行きたいと言った。《愛の島》の前で夕食を取ることにした。僕はエキュ・ド・フランス博物館に案内してやろうと約束した。これは、まだほんの子供だったころ、初めて見に行った博物館で、すっかり幻惑させられたものだった。僕は非常に興味深いもののように彼女に話した。だが、この博物館が子供だましみたいなものだとわかると、僕はこんなにまで自分がだまされていたことを認めたくなかった。フュルベールの鋏《はさみ》だって！（訳注　エロイーズの叔父フュルベールはならず者をそそのかしてアベラールを去勢したと言われている）何から何まで！　それこそすべてを僕は信じていたのだ。僕は罪のない冗談を言ったのだとマルトに言った。彼女は面食らった。なぜなら、習慣として、僕が冗談を言うことはほとんどなかったから。実を言うと、この意外な失敗で僕は憂鬱《ゆううつ》になった。僕は胸の中でこんなことを考えていた。——今はこんなにもマルトの愛を信じているが、ことによると、エキュ・ド・フランス博物館のように、これが子供だましのように思われるときが来るのではあるまいか！　と。

というのは、僕はしばしば彼女の愛を疑っていたのだった。時として、自分は彼女にとっては単に暇つぶしのお相手ではあるまいか、平和が彼女を妻の義務に呼び戻せば即刻捨て去ることのできる気紛れの対象ではあるまいか、と考えることがあった。だが、口や目が嘘をつけない瞬間がある、と僕は自分に言いきかした。たしかにそうだ。だが、一旦《いったん》酔うと、どんなにけちな人間でも、時計や財布《さいふ》をやろうと言い出して、相手がそれを受取らないと怒り出すものだ。こうした御機嫌の時でも彼らはしらふのときと同じように本気なのだ。嘘をつけない瞬間こそ、まさしく、一番嘘をつく、とりわけ自分自身に嘘をつく瞬間なのだ。《嘘をつくことのできない瞬間の》女性を信ずることは、けちんぼの贋《にせ》の気前のよさを信ずるようなものだ。

こうした僕の洞察《どうさつ》は、僕の世間知らずの一層危険な一つの形でしかなかった。自分ではそんなに世間知らずではないつもりでいたが、別の形で世間知らずだったのだ。なぜならば、幾つになっても、世間知らずというものはあるからだ。大人の世間知らずだって、そんなに少なくはない。このひとりよがりの洞察は、僕をすっかり憂鬱にし、マルトに対して疑惑を持たせた。というよりはむしろ、自分を彼女にふさわしくないものと見て、自分自身を疑った。たとい彼女の愛の証拠をいかに多く手に入れたとしても、依然として僕は不幸だったであろう。

自分が子供っぽく見えることを恐れて、愛している相手にも決して口外しない大切なものがあることを僕は知り抜いていたので、マルトの、あの痛ましい羞恥心《しゅうちしん》が心配だった。そして彼女の心の中に入り込めないで苦しんでいた。

僕は夜の九時半に家に帰った。両親は、散歩の模様を尋ねた。僕は夢中になって、セナールの森や、普通の倍もあって、ちょうど僕の背丈《せたけ》ぐらいの羊歯《しだ》のことを語った。僕はまた、お昼の弁当を食べた美しいブリュノワ村のことを話した。するといきなり母が、皮肉な調子で口をさしはさんだ。

「ところでね、夕方の四時ごろルネさんがいらしてね、おまえと遠足しているはずだと聞いてびっくりしてらしたよ」

僕は口惜《くや》しくて赤くなった。この事件や、また他の多くの事件は、いくらかその傾向はあるにしても、僕は嘘がつけない人間だということを教えてくれた。いつでも尻《しっ》尾《ぽ》をつかまれてしまうのだった。両親はそれ以上何も言わなかった。彼らは勝利を誇示するようなことはしなかった。

ところで、父は無意識のうちに、僕のこの初恋に加担していた。僕の早熟がどうにか固まることを喜んで、むしろ僕の恋を励ましていた。父はまた、僕が悪い女にひっかかりはしないかといつも心配していた。だから僕がちゃんとした女性に愛されていることを知って、満足していた。マルトが離婚を望んでいる証拠をはっきり知った日に、父ははじめて怒った。

母の方は、僕たちの関係を、父のようにいい目では見ていなかった。母は嫉《や》いているのだった。マルトのことを恋敵《がたき》のような目で見ていた。僕が愛すればどんな女でもそうなることとは気がつかずに、母はマルトを虫の好かない女だと思っていた。そのうえ、世間の噂《うわさ》を父以上に気にしていた。マルトが僕のような腕白小僧相手に危ない遊びをしていることが、母には不思議でならなかった。それに、母はF……の育ちだった。こうしたパリ郊外の小さな都会では、労働者町から一歩離れると、田舎と同じ嗜好《しこう》、同じゴシップ熱が流行していた。そのうえ、パリに近いだけに、ゴシップや当て推量は一層辛辣《しんらつ》だった。誰もが何か一言なかるべからずといった始末だった。こんなわけで、軍人の細君を恋人に持ったために、友達が、その両親の命令で、一人々々離れて行くのを僕は見たのだった。彼らは階級の順に姿を消して行った。まず公証人の息子からはじまって、うちの出入りの庭師の倅《せがれ》にまで及んだ。母は、僕にはむしろ敬意の現われと思われるこうしたやり方に精神的な打撃を受けていた。母は、僕がこの気違い女に堕落させられたと思っていた。僕にその女を引合せておきながら、今は目をつぶっている父を、母はたしかに非難していたに違いなかった。だが、なんとか手を打つべきは父だと思って、父が黙っているままに、自分の方でも沈黙を守っていた。

僕は毎晩マルトの家で泊っていた。十時半に行って、朝の五時か六時に帰ってくるのだった。僕はもう塀は乗り越えなかった。戸を鍵《かぎ》であけるだけだった。だが、こうして大っぴらにやってのけはしたが、いくらかの配慮は必要だった。鈴の音でみんなが目を覚まさないように、夕方、鈴の舌を綿で包んでおいた。そして翌朝帰ってきたときに、それをはずした。

うちでは、誰も僕が家をあけることを感づいてはいなかった。だが、J……ではそんなぐあいにはいかなかった。すでに、しばらく前から、家主の家族や老夫婦は、かなり悪意のある目で僕を見て、僕が挨拶してもほとんど答えなかった。

朝の五時になると、できるだけ音を立てないようにと、僕は靴を手に持って降りた。そして階下で履いた。ところがある朝のこと、階段で牛乳配達の小僧とぶっつかった。彼は牛乳瓶《びん》を手にぶら下げていた。そして僕の方は靴をぶら下げていた。彼はいやな薄ら笑いを浮べて挨拶をした。これでマルトも一生の破滅だ。この小僧はJ……の町中にふれて歩くだろう。それよりも僕を一番苦しめたのは、僕の滑稽《こっけい》な格好だった。

この小僧を買収して口止めすることもできたのだった。だが、咄嗟《とっさ》にどうしていいやらわからずに、そのままにしてしまった。

その晩、このことについては一言もマルトに言い出せなかった。それに、こんなことはなくても、マルトの評判は悪くなっていた。それはすでに久しい以前からのことだった。噂では、実際よりもずっと前から彼女は僕のものだとされていた。僕たちはそれに全然気がつかなかった。だが間もなく、それをはっきり知らねばならなかった。こうして、ある日のこと、僕はマルトがしょげているのを見た。家主が四日前から夜明けに僕が帰って行くところを見張っていたと彼女に言ったのだった。家主も初めは噂を信じようとはしなかったのだが、今はもはや疑いをさしはさむ余地はなくなった。マルトの部屋のちょうど下に住んでいた老夫婦は、僕たちが夜昼通しに立てる物音に苦情を言っていた。マルトは弱りきって、引越したいと言った。もう少し慎重に逢引《あいびき》をするということは、問題になり得なかった。そんなことはできないと僕たちは感じていた。習慣がもうすっかり身についてしまったのだ。このときになって初めて、マルトは、これまで彼女を驚かせていた多くのことがわかりはじめた。彼女が心の底から可愛《かわい》がっていたただ一人の友達のスウェーデン娘が、彼女の手紙に返事をくれなくなっていた。この娘の保証人が、いつか汽車の中で僕たちが抱擁しあっているのを見かけて、今後はもうマルトに会ってはいけないと注意したというのだった。

僕はマルトに、どこで面倒なことが起きようと、たといそれが彼女の両親のもとで起きようと、あるいは夫とのあいだに起きようと、とにかく、しっかりしているように約束させた。家主はおどかすし、いろんな噂も立っていることだし、マルトとジャックとのあいだには早晩悶着《もんちゃく》が起きる懸念《けねん》は十分にあった。だがまた同時に、それを望む気持も僕にはあった。

ジャックには僕のことはすでに話してあるから、彼の休暇中にも、かまわずしばしば会いに来てくれるようにと、マルトは僕に哀願していた。だが僕は、自分の役をとちったり、男にちやほやされているマルトを見たりするのがこわくて、それを断わった。休暇は十一日間のはずだった。だがおそらく彼はなんとかごまかして、もう二日滞在する策を見つけることだろう。僕はマルトに、毎日手紙をよこすように誓わせた。確実に一通は手に入るようにと、僕は三日待ったうえで、局留め郵便を取りに行った。すでに四通も来ていた。だがそれを受取ることができなかった。必要な身分証明書が一通足りないのだった。局留め郵便の利用は十八歳からでなければ許されていないので、生年月日の証明書を偽造していただけに、ますます困った。局の女事務員の目に胡椒《こしょう》の目つぶしでも食らわせて、手に持っていながら渡してくれない手紙を奪い取りたいような気持にむずむずしながら、僕は窓口でがんばっていた。結局、局では僕を知っていたので、やむを得ず、翌日家へ配達してもらうことにした。

僕が大人になるためには、たしかに、まだしなければならないことがたくさんあった。マルトの最初の手紙を開封しながら、恋文を書くというこうした離れ業を、彼女はどんなふうにやってのけたかしらと考えた。いろんな書簡の形式の中で、恋文ほどやさしいものはないことを僕は忘れていた。恋文を書くには、愛情がありさえすれば十分なのだ。僕はマルトの手紙をすばらしいと思った。これまでに読んだ最も美しい手紙に劣らないものだと思った。だがマルトは、ごくありふれたことや、僕から遠く離れて暮すことの苦しみなどしか書いていなかったのだった。

意外なことに、僕の嫉妬《しっと》はひどくならなかった。僕はジャックをいわゆる《夫》として考えはじめていた。だんだん、彼が若いことを忘れて、老耄《おいぼれ》のように思い込んでいた。

僕は返事を出さなかった。やはり、あまりにも危険が多すぎたからだった。実を言うと、手紙の出せないことが、僕にはむしろ幸いだった。というのは、何か全然未経験なことに取りかかる前のように、僕には書けないのではないかしら、書けても彼女の機嫌をそこねたり、あるいは幼稚に見えたりするのではあるまいか、といった漠《ばく》とした不安があったのだった。

それから二日後のこと、ついうっかりして勉強机の上にマルトの手紙を一通ほうり出して置いたところ、それが見えなくなった。すると翌日、それが再び机の上に載っていた。この手紙の見つかったことは、僕のいろんな計画を狂わせてしまった。実は、ジャックの休暇のために長いあいだ引きこもっていなければならないのを利用して、家の者にマルトと手を切ったように思い込ませようとしていたのだった。というのは、初めのうちは、女を持っているということを両親に知らせるために虚勢を張っていたが、だんだんそうした証拠はつかまれないようにしようと願いはじめていたのだった。ところが今や、父は、僕がおとなしくしている本当の理由を知ってしまったのだった。

僕はこの暇を利用して、再び絵画研究所に通いはじめた。というのは、ずっと前から、僕はマルトをモデルにして裸体画を描いていたのだった。父がこれを見抜いていたかどうかはわからない。だが少なくとも、いつもモデルが同じらしいのを、意地悪く、僕を赤面させるようなぐあいに、不審がっていた。そこでまたグランド・ショーミエールに通いはじめて、一年中のデッサンの描きだめをしておこうと、せっせと仕事につとめた。彼女の夫がまたこの次に帰ってきたら、再びこうした描きだめを僕ははじめることだろう。

アンリ四世校を放逐されたルネとも再会した。彼はルイ大王校に通っていた。毎夕、グランド・ショーミエールの帰りに、彼を学校に迎えに行った。僕たちはこっそりつきあっていた。というのは、彼がアンリ四世校を出されてからは、特にマルトの問題があってからは、かつては僕を模範生と見ていた彼の両親も、僕とつきあうことを禁じていたのだった。

色事に愛情は邪魔物のように思っていたルネは、マルトに対する僕の情熱をひやかしていた。彼の皮肉に耐えかねて、卑怯《ひきよう》にも僕は、本当の愛情なんか持っているものか、と放言した。ここしばらくひそまっていた僕に対する讃嘆《さんたん》の念は、これでたちまち勢いを盛り返した。

僕はマルトの愛情に麻痺《まひ》しはじめていた。一番僕を苦しめたのは、僕の官能に課せられた断食《だんじき》だった。僕のいらだたしさは、ピアノのないピアニスト、たばこのない愛煙家のそれだった。

ルネは、僕の愛情を茶化していたくせに、自分でもある女に惚《ほ》れ込んでいた。彼はその女性を愛情抜きで愛していると思い込んでいた。この愛嬌《あいきよう》のある、ブロンドのスペイン娘は、実に上手に骨を脱臼《だつきゆう》させるところをみると、前身はサーカス女だったに違いない。ルネは磊落《らいらく》をよそおってはいたが、実はひどいやきもち焼きだった。半ば笑い、半ば青ざめながら、僕に奇妙な役をつとめてくれるように哀願した。中学というものをよく知っている人にとっては、この役は、いかにも中学生にふさわしいものだった。彼はこの女性が自分を欺《あざむ》くかどうかを知りたがっていた。そこで、それをはっきり知るために、女に言い寄ってみてくれというのだった。

この役目に僕ははたと当惑した。臆病《おくびょう》な気持がまた頭をもたげてきた。だが、どんなことがあっても臆病とは思われたくなかったし、それに、彼女の方から、僕をこの当惑から救い出してくれた。彼女があまりにも早く言い寄ってきたので、さすが臆病な僕も――臆病というものはあることをさせないこともあるが、またあることを余儀なくさせることもある――ルネやマルトに敬意を欠くようなことをしてしまった。せめてそこに快楽が見いだせるものと僕は期待していた。だが僕はある一つの商標のたばこにしか慣れていない喫煙家のようなものだった。そこで、僕には、ルネをだましたという後悔しか残らなかった。僕はルネに、君の女はどんなに言い寄っても肱鉄砲《ひじ》を食わしたと言っておいた。

マルトに対しては、いかなる後悔も感じなかった。僕はどうにかしてそれを感じようと努力した。もしも彼女がだましたら僕は断じて許さないだろう、と自分に言ってみたがやはり駄目だった。どうにも仕様がなかった。そこで僕は口実として、「男と女は違うんだ」と、エゴイズムが返答に用いるあの陳腐きわまる調子で、自分に言いきかした。同様に、マルトに手紙を書かないことを、僕は当然のことと認めていた。だが、もしも彼女が僕に手紙をよこさなかったら、それは僕を愛していないからだと考えたであろう。だが、とにかく、このちょっとした浮気は僕の愛情にさらに油を注ぎかけた。

ジャックには妻の態度がどうにも理解できなかった。マルトはむしろおしゃべりの方だったのに、話しかけて来なかった。「一体どうしたんだい？」と訊《き》いても、「なんでもないわ」と答えるだけだった。

グランジエ夫人は気の毒なジャックとたびたび口論をした。夫人は、娘に対する彼の不器用を責め、彼に娘をやったことを後悔していた。娘の性格が急に変ったのは、ジャックのこうした不器用のせいだとしていた。夫人は娘を自分の家に引取りたいと言った。ジャックはついに折れた。そこで、帰ってきてから数日後に、マルトを母のもとに送って行った。夫人は、娘のちょっとした気紛れにもへつらって、自分ではそれと気づかずに、僕に対する娘の愛情をあおっていた。マルトはこの家で生れたのだった。一つ一つのものが、自分が自由だった幸福な時代を思い出させる、と彼女はジャックに言った。彼女は少女時代の自分の部屋に寝ることになった。ジャックは、せめてそこに自分の寝台を据えてもらいたいものと思った。だが彼はマルトにヒステリーの発作を起させてしまった。彼女はこの清らかな処女の部屋が汚《けが》されることを拒んだ。

グランジェ氏はこうした羞恥《しゅうち》は愚かしいことだと言った。グランジェ夫人は、その言葉じりをとらえ、夫と婿《むこ》に向って、あなたたちには女の微妙な気持はわかりっこない、と言った。夫人は、娘の心がほとんどジャックのものになっていないのをうれしく思っていた。というのは、マルトが夫から引揚げたものは全部自分に振向けて、娘のこうした心づかいを美しいものと思っていたのだった。美しい心づかい、なるほどその通りだった。だがそれは、僕に対するものなのだった。

どんなに気分が悪いと言っている日でも、マルトは外出したがった。ジャックは、自分と一緒に出たいのではないことをよく承知していた。マルトは、僕への手紙は誰にも頼むわけにいかないので、自分で投函《とうかん》しに行っていたのだった。

僕は、返事の出せないことを、改めてまた、ありがたいと思った。というのは、彼女が夫に与えている責苦の話に返事を書くことができたとしたら、僕は犠牲者のために仲裁するようなことになったかもわからないからである。あるときには、僕がもとで彼がこんなに不幸な目にあっているのかと思うと、身震いするほどに恐ろしくなった。だがまたあるときは、処女の彼女を僕から奪った罪で、マルトがどんなにジャックを罰しても、罰し足りるということはあるまいと考えるのだった。だが、情熱ほど人を《感傷的》でなくするものはないので、結局、手紙が書けないことを、したがってマルトが相変らずジャックに絶望を与えていることを、僕は喜んでいたのだった。

ジャックは元気なく戦線に帰って行った。

みんなは、こうした危機を、マルトが送っているいらだたしい孤独の生活のせいにした。というのは、彼女の両親とジャックだけが、僕たちの関係を知らなかったのだ。家主の家族は、軍服に対する尊敬から、ジャックには何事も知らせかねていた。グランジエ夫人は、娘を取戻し、娘が結婚前のような生活ができるようになるのを、早くも喜んでいた。だから、ジャックが出発した翌日、マルトがJ……に帰ると言い出したときには、グランジエ夫妻はびっくりした。

その日さっそく、僕はJ……で彼女に会った。初め、僕は、彼女が夫に対してあんなに意地悪く当ったことを軽く叱《しか》った。だが、ジャックからの最初の手紙を読んだとき、すっかりあわててしまった。もはや愛してもらえないのなら、自殺するくらいはいとたやすいことだ、と彼は言っていた。

僕は《恐喝《きょうかつ》》を見分けることができなかった。死ねばいいと思っていたことを忘れて、その死に自分が責任あるように思った。僕はますます不可解な人間になり、ますます常軌を逸した人間になった。どちらを向いても、傷口が開いていた。マルトは、もうこれ以上ジャックに希望を持たせない方がまだしも人情のある仕打ちだ、と僕に繰返したがききめはなかった。僕はむりやり、優しい返事を書かせた。これまでに彼が受取った愛情のこもった手紙は、みな、この僕が彼の妻に口述したものだった。彼女はそれを、反抗しながら、泣きながら書いたが、もしも言うことをきかないと、もう二度とやって来ないぞと僕はおどかした。僕のおかげでジャックはやっと喜びを味わうことができたのだと思うと、僕の良心の呵責《かしやく》も軽くなる思いがした。《僕たちの手紙》に対する彼の返事の中に、希望が満ちあふれているのを見て、彼の自殺の願望がいかに浅いものであったかがわかった。

気の毒なジャックに対する自分の態度に、僕はわれながら感心した。ところで僕は、エゴイズムによって、良心に悖《もと》ることをするのがこわくて、あんなことをしたのだった。

このいざこざのあとには、幸福なひとときが来た。だが、ああ！　それは束《つか》の間のものだという気持が依然ぬぐいきれなかった。それは、僕の年齢と、意気地ない性質のせいだった。僕にはどうしようという気持もなかった。おそらくマルトはどうせそのうち僕を忘れて、妻としての義務に立ち帰るであろうから、今彼女から逃げようという気持もなく、またジャックを死の方に駆りたてようといった気持もなかった。だから、僕たちの関係は、平和が訪れて、軍隊が帰還してくれば、それでおしまいだった。ジャックが妻を追い出せば、彼女は僕の手中に残るであろう。だが、妻を離さねば、僕には力ずくで彼女を奪い返すことはできそうになかった。僕たちの幸福は砂上の楼閣だった。だがここでは潮の満ちてくる時間は決っていなかったので、上げ潮ができるだけおそく来ることを僕は望んでいた。

今ではジャックはすっかり喜んで、マルトがJ……に帰ったことを不満に思っている彼女の母に対して、妻をかばっていた。ところで、こうしてマルトが帰ったことは、憤懣《ふんまん》も手伝って、グランジエ夫人にいくらかの疑念を目覚めさせた。もう一つうさん臭く思えるのは、マルトが、両親も大いに憤慨し、舅《しゅうと》の方ではなおのこと憤慨しているのに、女中を雇うのを拒んでいることだった。だが、ジャックが、マルトを通じて僕が与えてやった満足のおかげでこちらの味方になっていたので、両親も舅夫婦も手の出しようがなかった。

J……の人々がマルトに向って戦端をひらいたのは、ちょうどこのころだった。ただ家主の家族はもう彼女と話すまいとしていた。誰も彼女に挨拶《あいさつ》しなくなった。ただ小売商人たちだけは、商売柄そう横柄《おうへい》に構えることもできなかった。だから、時にひとと話したくなると、マルトは店先でいつまでもぐずぐずしていた。僕が彼女の家にいるとき、彼女が牛乳やお菓子を買いに出かけて、五分たってもまだ帰って来ないと、ひょっとして電車にひかれでもしたのではないかと心配になって、僕は大急ぎで牛乳屋や菓子屋に飛んで行ったものだった。すると、彼女はそこで店の人たちとおしゃべりをしているのだった。こんないらいらした目にあわされたことに僕はかっとなって、店を出るなり、いきなり癇癪玉《かんしゃくだま》を破裂させた。小売商人とおしゃべりするのが楽しいなんて下《げ》の下《げ》の趣味だときめつけた。商人は商人で、僕におしゃべりを邪魔されたので、僕を憎んでいた。

宮中の礼儀作法《エチケット》は、貴族社会のものはすべてそうのように、かなり簡単なものである。ところが、庶民のあいだの外交儀礼ほど不可解なものはない。まず、年齢で席の上下を気違いのようにやかましく言う。年取った公爵《こうしゃく》夫人が若い公爵に敬意を表することほど彼らを憤慨させるものはない。マルトと親しい口をきき合っておしゃべりしていた矢先を、僕のような若僧に邪魔されて、菓子屋や牛乳屋がどんなに僕を憎んだかは、察するにあまりがある。こんなふうにおしゃべりをしていれば、彼らも彼女を許してやる気持にもなったのだろうが。

家主には、二十二になる息子があった。その息子が休暇で帰ってきた。マルトは彼をお茶によんだ。

その夜、何やらやかましい怒鳴り声が聞えてきた。二度とあの借家人のところへ行ってはならないぞと言っているのだった。僕は、どんなことをしても、父からいけないと言われたためしはなかったので、この馬鹿《ばか》息子のおとなしさほど僕を驚かせたものはなかった。

翌日、僕たちが庭を通ると、彼は畑を耕していた。おそらく罰課に違いない。とにかく少しばつが悪かったのだろう、挨拶をしないですむように、彼はそっぽを向いた。こうした鍔《つば》ぜりあいはマルトを苦しめた。幸福などというものは隣人を気にしていた日には得られないということをちゃんと承知しているほどに聡明《そうめい》で、またそれほどに僕を愛しているマルトではあったが、そうした彼女も、本当の詩は《呪《のろ》われたもの》であることを知っていて、そう確信していながらも、ときに、自分たちが軽蔑《けいべつ》している世評が得られないのを苦にするあの詩人たちによく似ていた。

僕の冒険には、いつも町会議員が一役演じていた。マルトの部屋の下に住んでいる、胡麻《ごま》塩髯《しおひげ》を生やした、品のいい背格好の老人マラン氏は、もとJ……の町会議員だった。戦前から引退していたが、手近な機会さえあれば、祖国に奉仕したいものと思っていた。だが、町政を非難するだけで満足して、お正月でも近づかない限りは、お客もしなければ、ひとを訪《たず》ねもせず、細君と二人で引きこもっていた。

数日前から、下ではごった返していた。僕たちの部屋からは下のちょっとした物音も聞えるだけに、何が始まったのかはっきりわかった。床みがきがやってきた。女中が、家主の女中に手伝ってもらって、庭で銀器をみがいたり、銅の釣燭台《しょくだい》の緑青《ろくしょう》を落したりしていた。僕たちは牛乳屋の口から、マラン家では何か秘密な名目で、奇想天外な大宴会が準備されていることを知った。マラン夫人が町長のところへ招待に出かけて、そのついでに、牛乳を八リットル都合してもらいたいことを頼んだのだった。町長はまた、牛乳屋にクリームを造ることも許すであろうか？

そうしたことの許可が与えられて、その日になると、（それは金曜日だった）十五人ばかりの名士たちが、夫人同伴で定刻にやってきた。この夫人たちはそれぞれ、授乳協会とか傷病兵救済会とかの発起人で、一人が会長をつとめると、他の夫人たちが会員になっているのだった。この家の女主人は、《気取ったまね》をするために、戸口の前で客を迎えた。彼女は、秘密の余興があることを利用して、宴会は持ち寄りにしていた。これらの夫人たちは口々に節約を説き、新しい料理法を考案していた。だから、彼女たちの菓子は、小麦粉を使わない菓子や、蘚苔《こけ》入りのクリームなどだった。新しく来るどの婦人客もマラン夫人に言った。「見かけによりませんわ。結構おいしくいただけると思いますわ」

マラン氏の方は、この宴会を利用して《政界への返り咲き》を準備していた。

さて、奇想天外な余興というのは、マルトと僕だった。僕の汽車友達で、名士の一人の息子が、親切にもその秘密を僕に漏らしてくれたのだった。マラン夫妻の慰みは、夕方ごろ僕たちの部屋の下にいて、僕たちの愛撫《あいぶ》を盗み聞くことであったのを知って、僕がどんなにびっくりしたか、想像していただきたい。

たしかに、彼らはこの盗み聞きに興味を覚えて、自分たちの楽しみを公開しようと思ったのだ。もちろん、尊敬すべき名士たるマラン夫妻のことだから、この破廉恥《はれんち》な行為にも道徳的な意義を持たせたに違いない。彼らは、町の立派な紳士とされているすべての人々に、自分たちの憤慨の気持を分け持たせたいと思ったのだった。

客人は席についていた。マラン夫人は僕がマルトの家に来ているのを知っていたので、彼女の部屋の下に食卓を設けていた。夫人はいらいらしていた。さぞかし開幕を知らせる舞台監督の杖《つえ》がほしかったことであろう。家族の者をあっけにとらせたいのと、同年輩の者の義理から、親を裏切って秘密を漏らしてくれたあの青年のおかげで、僕たちは沈黙を守っていた。僕はマルトに、この持ち寄り宴会の動機を言い出しかねていた。柱時計の針をにらんでいるマラン夫人のゆがんだ顔や、お客のいらいらしている姿を、僕は思い浮べていた。とうとう七時ごろになると、夫婦づれのお客たちは、マラン夫妻のことをペテン師だとか、また七十歳になる哀れなマラン氏のことを野心家だとか、小さな声でささやきあいながら、獲物《えもの》なしで帰って行った。この未来の町会議員は、みんなに大きなことを言いながら、その約束を果せなかったので、当選は期待すらできなかった。マラン夫人については、例の夫人たちは、この宴会は菓子を手に入れるための都合のいい手段だったのだと解釈した。町長も名士として、ほんの数分間顔を出した。この数分間顔を出したことと、牛乳を八リットル都合したことのために、彼は、小学校の先生をしているマラン夫妻の娘ととてもいい仲だとひそひそ陰口をたたかれた。かつてマラン嬢の結婚が悪評の的となったことがあった。巡査と結婚したので、学校の教師にふさわしくないことに思われたのだった。

僕はさらに意地悪く出て、彼らが客人たちに聞かせたがっていたことを彼らに聞かせてやった。マルトはこうした時ならぬ熱情を不思議がった。そこで、もはや我慢ができなくなって、彼女を悲しませるかもわからないが、あの宴会のもくろんでいたことを話した。二人は涙の出るほど笑った。

もしも僕が計画通りになっていたら、マラン夫人はあるいは寛大であったかもわからないが、こうした失敗をさせたので、僕たちを許さなかった。このために彼女は恨みを抱《いだ》いた。だが、どう仕様もなく、さすがに匿名《とくめい》の投書もしかねて、夫人は恨みを晴らすこともできないでいた。

五月になった。彼女の家でマルトに会う度数は前より少なくなった。そして、うちの者に、朝までいられる嘘《うそ》を考え出せない限りは、泊らなかった。それでも週に一、二回は嘘を考え出した。嘘がいつも成功するので、僕は驚いていた。実は、父は僕の言うことなど信じてはいなかった。ただ弟たちや召使たちに気取られない限り、父は極度の寛大さで、目をつぶっていたのだった。だから、セナールの森の散歩のときのように、朝の五時に出かけると言えば、それで十分だった。だが母はもう弁当の籠《かご》を支度してはくれなかった。

父は一切を我慢していたが、ときに、だしぬけに怒り出し、僕の怠惰を叱責《しっせき》した。こんなふうに急にいきり立っても、波のように、またすぐ静まるのだった。

恋愛ほど人を夢中にさせるものはない。人は恋愛しているからこそ怠惰なので、そのためにその人が怠け者であるとは言えない。恋愛は、その唯一《ゆいいつ》の実際的な誘導療法は仕事であることを漠然と感じている。だから恋愛は仕事を敵視している。そして、いかなる仕事をも許さないのだ。だが恋愛は恵み深い怠惰だ。ちょうど、豊かな実りをもたらす静かな雨のように。

青春時代が愚かしいというのは、そうした怠惰を経験しなかったからだ。われわれの教育組織の弱点は、その数が多いからと言って、凡庸な人間を対象としているところにある。歩みつづけている精神にとっては、怠惰などはあり得ない。僕は、ある人の目には空虚に見えたかもしれないあの長い日々以上に、多くのものを学び得たことはない。そのあいだに、成り上がり者が食卓で自分の動作に気を配るように、僕は自分のうぶな心をじっと観察していたのだった。

マルトの家に泊らない日には、つまりほとんど毎日、夕食がすむと、僕たちは十一時ごろまで、マルヌ川の岸べを散歩した。僕は父の小舟の纜《ともづな》をといた。マルトが漕《こ》いだ。僕は寝そべって、彼女の膝《ひざ》の上に頭をのせていた。僕は漕ぐ邪魔になった。突然櫂《かい》が僕にぶっつかって、こうした遊びが一生涯続くものでないことを思い出させた。

恋愛はその幸福をひとにも分たせたがるものである。だから、かなり冷たい性質の女性も優しくなり、こちらで手紙を書いている最中に首に抱きついたり、いろいろ情をそそるようなことをしたりする。僕も、マルトが何か仕事をしていて僕から気をそらしているときほど、彼女に接吻《せっぷん》したい欲望を感じたことはないし、彼女が髪を結っているときほど、彼女の髪にさわって、それをこわしてやりたい欲求を感じたことはなかった。小舟の中で、僕が彼女にとびかかり、接吻の雨を降らせると、彼女は櫂を手ばなし、小舟は、藻《も》や白や黄の睡蓮《すいれん》に絡《から》まれたまま漂った。こうした僕の動作を、彼女は、制御しきれない情熱の現れだと取っていたが、実は、邪魔してやりたいという実に強い偏執が特に僕を駆り立てていたのだった。それから僕たちは小舟を高い茂みの陰につないだ。人に見られはしないだろうか、舟がひっくり返りはしないだろうかという心配で、僕には、僕たちの戯《たわむ》れが幾層倍か肉感的なものになった。

こんなわけだから、僕をマルトの家にいづらくさせた家主一家の敵意など、僕は全然問題にしていなかった。

これまでには僕の唇以外の唇は決して触れたことはないということを誓わせたのちに、僕は彼女の肌の一隅に接吻して、ジャックもできなかったほどに彼女を所有しているのだと一人で決め込んでいたが、実はこれは放縦な遊びにすぎなかったのだ。僕は自分でそれを認めていたであろうか？　どんな恋愛にも、青年期、壮年期、老年期がある。何か技巧の助けを借りなければ、もう恋愛が僕を満足させてくれないあの最後の段階に僕は来てしまったのだろうか？　というのは、僕の情欲は習慣に依拠していたが、習慣にいろんなちょっとしたことや、軽い修正が加えられると、この、情欲はかき立てられたから。かくて、中毒患者が法悦《ほうえつ》を見いだすのは、ただちに致死量に達してしまう服用量の増加によってではなく、時間を変えるとか、ごまかしを用いるとかいった、体の組織をまごつかせようとして彼が考え出すリズムによるものではないだろうか？

僕はマルヌ川の左岸が大好きだったので、この好きな左岸が見渡せるようにと、全然趣の違う向う岸にしばしば行ったものだった。左岸には閑居を楽しんでいる人たちが住んでいたのに反して、右岸は感じがもっと強烈で、野菜栽培者や農夫が住んでいた。僕たちは小舟を木につなぎ、麦畑に寝ころがりに行った。畑は、夕方の微風にざわめいていた。僕たちのエゴイズムは、この隠れ場所で、ちょうどジャックを犠牲にしたように、麦を恋の楽しみの犠牲にして、その被害など全然忘れ去っていた。

これは一時的なことだという気持が、まるで芳香のように僕の官能を刺激した。行きずりの女相手に愛情もなしに経験する快楽にも似た、一層獣的な快楽を味わったことは、他の快楽を味気ないものにした。

僕はすでに、清浄で自由な眠りを、新しいシーツの寝床で一人寝る心地よさを、楽しみはじめていた。用心深く振舞わねばならないことを口実にして、僕はもはや、マルトの家に泊りに行かなかった。彼女は僕の強力な性格に感心していた。僕はまた、女性が目を覚ましたときに出す、あの一種天使もどきの声の、歯の浮くような調子が大きらいだった。女は天性の役者で、毎朝、まるで天国から来でもしたような芝居をするのだ。

僕は自分の非難癖や駆引きを責め、前よりもマルトを愛しているのか、それとも愛さなくなっているのかを、幾日も考えつづけた。僕の愛はすべてをこじつけた。マルトの言葉を、もっと深い意味に取るつもりで間違って解釈したと同じように、彼女の沈黙に対しても、また間違った判断をしていた。だが僕はいつも間違っていたであろうか？　なんとも説明しようのない一種の衝動が、われわれの考えの正しかったことを教えてくれるものである。僕の快楽と苦痛はもとよりずっと強くなっていた。マルトの横で寝ていると、刻々に、両親の家に帰って一人で寝たくなったが、これは同棲《どうせい》生活の煩《わずら》わしさを僕に推測させるものだった。そのくせ一方では、マルトなしの生活を想像することはできなかった。僕は姦通《かんつう》の罰を思い知らされ始めていた。

僕たち二人が愛し合うようになる前に、僕の好きなようにジャックの部屋の家具を選ばせてくれたことを、僕はマルトに恨んでいた。自分の気に入るように選んだのではなく、実はジャックが不愉快を感ずるように選んだこれらの家具は、僕にはいとわしいものになった。飽きていたけれども、弁解のしようがなかった。マルト一人に選ばせておかなかったことを後悔していた。彼女の選んだものは、おそらく初めは僕の気に入らなかったであろうが、そのうちだんだん、彼女に対する愛情から、それに慣れていくというのは、なんという魅力だったであろう！　この慣れるという特権がジャックのものとなったのを、僕はねたましく思っていた。

「一緒に暮すようになったら、こんな家具なんか放り出しちまいたいな」と僕が嚙《か》んで吐き出すように言うと、マルトはあどけない目を大きく見開いて、僕の顔をじっと見ていた。彼女は僕の言うことならなんでも尊敬していた。この人ときたら、自分で選んだことをすっかり忘れてしまったのだと思いながらも、僕にそれを思い出させようとはしなかった。彼女はただ心の中で、僕の忘れっぽさを嘆いていた。

六月の初め、マルトはジャックから手紙を受取った。この中に、彼は初めて、愛情以外のことを書いていた。彼は病気だった。そしてブールジュの病院に後送されるのだった。彼が病気と知って喜んだわけではなかったが、彼に何か相談事があるらしいのが、僕をほっとさせてくれた。翌日か翌々日にJ……を通過するから、駅のプラットホームで汽車を待ってほしいと頼んでいた。マルトはその手紙を僕に見せた。そして指図を待っていた。

恋は彼女を奴隷《どれい》根性にしていた。だから、前もってこんなふうに屈辱的な態度に出られると、行けとも行くなとも言いにくかった。僕のつもりでは、黙っていたのは同意したことなのだった。彼女が数秒間夫に会うのを、どうして僕に引止めることができたであろう。彼女の方でも沈黙を守っていた。そこで、一種の暗黙の約束で、その翌日、僕は彼女の家には行かなかった。

翌々日の朝、使いが、家にいる僕のところへ、直接お渡ししたいと言って手紙を持ってきた。それはマルトからの手紙だった。彼女は川のほとりで僕を待っているのだった。もしもまだ僕に愛情があるなら、ぜひ来ていただきたいと言っていた。手紙の調子とは打って変った冷たい挨拶《あいさつ》に、僕は興ざめた思いをした。僕は彼女が心変りしたのだと思った。

僕はマルトの待っているベンチにまで駆けて行った。

要するに、前々日の僕の沈黙を、マルトは反対の沈黙と解釈したのだった。暗黙の約束など、彼女には思いもよらぬことだった。幾時間も悩んだあげくの彼女は、僕がこうして無事にぴんぴんしているのを見て恨みを言い出した。というのは、死にでもしない限りは、昨日来られたはずだから、と言うのだった。僕は驚きを隠すことができなかった。実は遠慮したのであること、病人のジャックに対する彼女の義務を尊敬したのであることを説明した。彼女は半信半疑だった。僕はいらいらしてきた。もう少しで、「今度だけは嘘じゃないよ……」と口に出すところだった。二人は泣いた。

だが、こうした取りとめもない将棋の勝負は、どちらかがけりをつけてしまわないことには、いつまでも際限がなく、精根が疲れてしまう。結局、ジャックに対するマルトの態度は、僕にはうれしかった。僕は彼女に接吻し、優しくなだめた。「黙っていてはお互いにうまくいかないよ」と僕は言った。僕たちはお互いに胸の中を隠さないことに約束したが、実は僕は、それができると信じ込んでいる彼女が少し気の毒になった。

J……駅では、ジャックは目をあちらこちらに配って、マルトの姿を捜し求めた。それから、汽車が彼らの家の前を通るとき、鎧戸《よろいど》があけ放たれているのを彼は見たのだった。彼の手紙は、どうか自分に安心させてくれと哀願していた。彼はブールジュに会いに来てくれるようにと言っていた。「行かなくちゃいけないね」と僕は、この短い言葉が非難めいて響かないように注意しながら言った。

「あんたが一緒に来てくれれば行くわ」と彼女は言った。

これはあまりにも良心に悖《もと》ったことだった。だが、こうした不愉快きわまる言葉や行為も、愛情の表現だと思うと、僕の怒りもすぐに感謝に変った。僕は憤慨はしたが、気持をしずめた。彼女の率直さに心を打たれて、優しく話しかけた。僕は彼女を、お月さまをほしがる子供のようにあしらった。

僕をお伴に連れて行くことがどんなに不道徳なことであるかを、僕は言ってきかせた。僕の返事が、侮辱を受けた恋人のそれのように険悪なものではなかったので、一層効果があった。ここに初めて、僕が《道徳》という言葉を口にしたのを彼女は聞いたのだった。この言葉はまさに時宜《じぎ》を得ていた。というのは、彼女は性《しょう》の悪い女性ではなかったから、僕と同じように、僕たちの恋愛の道徳性について、発作的に疑惑を抱くことだってあったにちがいないからである。もしも僕がこの言葉を口にしなかったら、結構なブルジョワ的偏見に反抗はしていても、もともと根強いブルジョワ娘に違いない彼女は、僕を無道徳な男と信じ込んだかもわからない。だが、反対に、このとき初めて彼女に注意したので、これは、僕がこれまで、僕たちは何も悪いことをしたのではないと考えていた証拠となった。

マルトはこの危険な、一種の新婚旅行に未練を残していた。今ではそれができない話であることを理解してはいたが。

「でも」と彼女は言った。「わたしも行かないでいいでしょう」

ついうっかり《道徳》などという言葉を口にすべらせたために、僕は彼女の良心の指導者になってしまった。新しい権力に酔う暴君のように、僕はこの言葉を濫用《らんよう》した。力というものは、それが不当に用いられたときでなければ、表面に現われないものである。さて、僕は、ブールジュに行かなくても決して不都合とは思わないと答えた。僕は彼女を納得させるような理由をいろいろ考えてやった。旅は疲れるからとか、ジャックは近々回復期に入るだろうからといったたぐいの、これらの理由は、ジャックの目にはともかくとして、少なくとも彼女の舅《しゅうと》たちに対しては、彼女の行為の釈明となった。

あまり彼女を、僕に都合のいい方向に導きすぎて、彼女をだんだん僕に似せてしまった。これは自責するに十分価することであり、故意に僕たちの幸福を破壊することだった。彼女が僕に似てきたこと、しかもそれが僕の手によってなされたことは、僕を喜ばせると同時に、怒らせもした。僕はそこに相互の理解の一つの理由を見た。それと同時に、未来の破綻《はたん》の原因をも見分けた。実際、僕は自分の心の不安定を少しずつ彼女に感染させていたので、いよいよという日になっても、彼女にはなんの決断もつかないことだろう。ほかの子供たちは波の来ないところに大急ぎで砂のお城を造りなおしているのに、僕と同じように、手をつかねたまま、波がどうぞお城をこわさないでくださいと祈っている彼女を、僕は感じていた。

こうした精神的な類似が外貌《がいぼう》にまで及ぶことがある。たとえば、眼差《まなざ》しとか歩き方が似てくるのだ。幾度か、知らない人たちは僕たちを姉と弟と間違えた。僕たちのうちにあった類似の芽を、恋が発育させたのだ。だが、一つの身ぶり、一つの声の抑揚で、どんなに用心深くしていても、おそかれ早かれ恋人同士とわかってしまう。

もしも心が理性の知らない道理を持っているとすれば、理性が心よりも道理にかなっていないからだと認めねばならない。たしかに、人間はだれでもナルシスで、自分の姿を愛したり憎んだりするが、他の一切の姿には無関心である。この類似の本能が、生活においてわれわれを導き、ある風景、ある女、ある詩の前でわれわれに「止れ！」と叫ぶ。こうした衝動を感じないで、他の風景、女、詩に感嘆を覚えることもありはするが、類似の本能だけが、不自然ならざる唯一《ゆいいつ》の行動指針である。だが、社会では、粗野な人間だけが、いつも同じ型を追いかけているので、道徳に反していないように見えるのだ。かくてある人たちは、最も奥深い類似はしばしば最も秘《ひそ》やかなそれであることを知らずに《ブロンドの女》に夢中になるのだ。

数日前からマルトは、別に悲しげな様子はないのだが、なんだかぼんやりしているように見えた。悲しげな様子でぼんやりしているのだったら、七月十五日の近づくのが気になっているのだと説明することもできたであろう。この日に、マンシュ海のある海岸で、回復期に入ったジャックと、ジャックの家族の人たちに会うはずになっていたのだった。今度は、マルトの方が黙り込んでしまって、僕が何か言うとびくっと飛び上がった。彼女は耐えがたいことを耐え忍んでいたのだった。というのは、実家を訪ねると、いつも、侮辱を受けねばならなかった。母親は辛辣《しんらつ》なあてこすりを言うし、父親も、まさかとは思いながらも、恋人がいるのではないかと想像して、お人好《よ》しらしいあてこすりを言うのだった。

どうして彼女はそうしたすべてを耐え忍んでいたのであろう？　彼女があまりにものを重大に考えすぎ、くだらないことを気にするのを非難した僕の躾《しつけ》の結果だろうか？　彼女はこれまでよりも幸福そうだった。だが、それは、何か異様な幸福で、彼女はそれに気詰りを感じているようだった。またこれは僕にとっては不愉快なものだった。というのは、僕にはこれを分け持つことができなかったから。マルトが僕の沈黙の中に冷淡の証拠を見たのを子供らしいと思っていた僕が、今度は、黙っているのはもう僕を愛していないからだろうと、彼女を責めるのだった。

マルトは妊娠していることを僕に言い出しかねていたのだった。

僕はこの知らせを聞いて、自分が喜んでいるふうに見えてほしいものと思った。だが、まず第一にこれは僕をびっくりさせた。何事にせよ、自分に責任が持てようなどと考えたこともなかったのに、一番手に負えない責任を背負い込んだのだ。これを至極簡単なことに考えてしまえるほどに大人になっていないのが、腹立たしくもあった。マルトは言いにくそうに話しだした。僕たちを近づけるはずのこの瞬間がかえって僕たちの仲を割《さ》きはしないかと、彼女は恐れていたのだった。僕がいかにもうれしそうなふうを装《よそお》ったので、彼女の心配は消えた。彼女にはブルジョワ道徳の痕《あと》が深く残っていた。だからこの子供は、彼女には、神さまがいかなる罪も罰したまわず、僕たちの愛情に報いてくださった証拠のように思えたのだった。

マルトは、今は、妊娠した以上僕から決して捨てられるはずはないと思っていたが、僕の方は、この妊娠にはたと当惑してしまった。僕たちの年ごろでは、われわれの青春を束縛する子供を持つということは、できないことでもあり、不当なことでもあるように思われた。初め、僕は物質上の心配をした。僕たちの家族から見放されるかもわからないと思ったのだった。

すでにこの子供を愛していた僕は、愛すればこそ、拒む気持になっていた。子供の悲劇的な生について、責任を持ちたくなかった。そうした生を送ることは、自分自身でだってできなかったであろう。

本能はわれわれの案内人だ。しかもわれわれを破滅に導く案内人だ。昨日は、マルトは自分の妊娠が僕たちの仲を疎遠《そえん》にしはしないだろうかと恐れていた。ところが今日は、これまでにこれほど僕を愛したことのない今日は、僕の愛情も自分の愛情と同じように深くなったものと信じていた。ところで僕の方だが、昨日はこの子供を拒んでいたのに、今日は、マルトに対する愛情を割いてこの子供を愛しはじめていた。ちょうど、僕たちの関係ができた当初、僕の心が、他の連中から割いたものを彼女に与えてやったように。

今は、マルトの腹に唇を押当てていても、僕が接吻《せっぷん》しているのは、もはや彼女ではなくて、僕の子供だった。ああ！　マルトはもはや僕の女ではなくて、一人の母性だった。

僕はもう決して、二人きりでいるときのようには振舞わなかった。そこには常に、僕たちが自分たちの行為を報告しなければならぬ一人の立会人がいた。僕はこの突然の変化をマルトだけの責任にしてなかなか許そうとはしなかった。だが、もしも彼女が僕に嘘《うそ》をついたのだったら、なおのこと許さなかったであろうような気がしていた。時には、マルトは僕たちの恋をもう少し長続きさせようとして嘘をついているのだ、この子供は僕のではないのだ、とそんなことを信ずる瞬間もあった。

安静を求める病人のように、僕はどちらを向いていいやらわからなくなった。僕の愛しているのはもはや以前のマルトではないような気がしたし、僕の子供は、ジャックの子供とされていなければ幸福になれないような気もした。たしかにこの言い抜けは僕を愕然《がくぜん》とさせた。そうなれば、マルトをあきらめねばならないであろう。一方、自分をいくら大人と思おうとしても駄目だった。現実の事実はあまりにも重大だったので、いくらふんぞりかえってみても、こんな分別のない生活(当時は賢明な生活と思っていたわけだが)が続けられようとは信じられなかった。

　それというのは、結局ジャックは帰ってくるにちがいないからである。この異常な時期がすぎると、特殊な情況のために妻にだまされた多くの兵士同様に、不品行の名残りはいささかも残っていない、寂しげで従順な妻を、彼は再び見いだすであろう。だがこの子供は、彼女が休暇中に夫との交わりを許さない限りは、夫には説明つかないものだった。卑怯《ひきょう》にも、僕はそうすることを彼女に頼んだのだった。

　これまで幾度か争いをしたが、今度の争いほど奇妙な、またつらいものはなかった。それにしても、大した反撃を受けないのが僕には意外だった。あとになって、その訳がわかった。マルトはこの前の休暇にジャックに征服されたことを、僕に告白しかねていたのだった。そこで僕の言うことを聞くようなふりをしておいて、逆にグランヴィルでは体の変調を口実にしてジャックには身を任せないつもりでいたのだった。こんなお膳立《ぜんだて》をしたところで、日にちの点ではそうも簡単にすまず、お産のときに、月が合わないことが誰にもはっきりわかるであろう。「なあに、大丈夫さ！」と僕は自分に言った。「それまでにはまだ日のあることだ。マルトの両親は世間の噂《うわさ》をはばかって、マルトを田舎へ連れて行き、出産の通知を遅らせるだろう」

マルトの出発の日が近づいてきた。僕には彼女のこの不在を利用するほか仕方がなかった。それは一つの試みだ。僕はマルトから別れて自分自身を取戻したいものと思っていた。もしも僕にそれができなければ、もしも僕の愛が引抜くことができないほどに根強いものならば、今まで通りにマルトを忠実な女性として見ていけるであろう、ということを僕はよく承知していた。

彼女は七月十二日の午前七時に出発した。僕はその前の晩はJ……に泊った。J……へ行く途中、今夜は一晩中眠るまいと決心していた。これからの残りの生涯、もうマルトを必要としないほどの愛撫《あいぶ》のしだめをしようと思っていた。

ところが横になって十五分もたつと、僕はもう眠ってしまった。

いつもはマルトがそばにいると眠りを妨げられた。ところがこのとき初めて、彼女のそばに寝ながら、あたかも自分一人のときのように、ぐっすり寝込んだ。

僕が目を覚ましたときには、彼女はすでに起き上がっていた。彼女は僕を起しかねていたのだった。汽車の時間までに、あと三十分しか残っていなかった。寝込んでしまって、二人が共に過すべき最後の時間を空費したことが、僕には腹立たしくてならなかった。彼女も出発を泣いていた。だが僕は、この最後の時間を、泣く以外のことに使いたかったのだが。

マルトは鍵《かぎ》を僕の手に渡しながら言った。どうぞまた、ここに来て、二人のことを考えてくれるように、そして彼女の机の上で手紙を書いてくれるようにと。

僕はパリまでは送るまいと固く自分に誓っていたのだった。だが、彼女の唇を求める欲望に打勝つことができなかった。ところで、卑怯にも彼女を愛さなくなりたいと望んでいたので、僕はこの欲望を、出発のせいに、この《最後》のせいにした。だがこの《最後》なるものは、およそでたらめなものだった。なぜといって、彼女の方で望まなければ、最後なんてあり得ないと、僕ははっきり感じていたから。

彼女が舅夫婦と落ち合うことになっていたモンパルナス駅で、僕は無遠慮に彼女に接吻した。このときもまた、もしも舅夫婦が現われれば、ついに運命を決する悲劇がもち上がるであろう、ということに口実を求めていたのだった。

マルトの家に出かけるのを待つことだけの生活に慣れていた僕は、F……に帰ると、どうにかして気を紛らそうとした。庭を耕したり、本を読もうと努めたりした。また妹たちと隠れんぼをしたが、これは五年来ないことだった。夜になると、みんなに変だと思わせないように、散歩に出かけねばならなかった。いつもは、マルヌ川までは、わけない道だった。ところがこの晩は、小石で足首をくじいたり、動悸《どうき》が強く打ったりして、体を引きずるようにして歩いて行った。ボートに寝ころがっていると、生れて初めて死にたいという気持を覚えた。だが生きることも死ぬこともできない僕は、誰か慈悲深い人が殺してくれないものかしらなどと考えていた。人間が倦怠《けんたい》や苦悩で死ねないのが残念だった。水槽《すいそう》から水が抜けていくような音がして、頭の中がだんだん空虚になっていった。最後にもう一度きゅうと長く吸われると、頭の中はからっぽになった。僕は眠り込んでしまったのだった。

七月の夜明けの冷気で目が覚めた。僕は冷えきった体で家に帰ってきた。家の扉や窓は大きくあけ放たれていた。控えの間で、父は冷たく僕を迎えた。母はここしばらく体のぐあいが少し悪かった。そこで医者を迎えに行かせようとして、小間使に僕を起させたのだった。こうして、僕が家をあけたことがみんなに知れ渡ってしまったのである。

非難されるに価するような数知れぬ行為の中から、ただ一つの清浄潔白な行為を選び出して、それで犯人に弁解させてやろうとするこの親切な裁判官の本能的な心づかいに驚嘆しながら、僕はおとなしく小言を聞いた。だが、僕は弁解しなかった。それはあまりにもむずかしかった。僕は父にJ……から帰ってきたのだと思わせておいた。ところが、夕食後の外出禁止を申渡されたので、またも父が僕と共謀者になって、もはや一人で外をほっつき歩かなくてもすむ口実を作ってくれたことを、僕は心の中で父に感謝したのだった。

僕は郵便配達夫を待っていた。これが僕の生活だった。忘れようなんて努力はいささかもできなかった。

マルトは、自分の手紙を開封するときだけに使ってくれと言って、ペーパーナイフをくれていた。だが、そんなものが使っていられただろうか？　僕はあまりにも急いでいた。僕は封を破った。そのたびに、恥ずかしくなって、これからは十五分間封を切らずにそのままにしておこうと決心した。そうした方法によって、そのうちには自制を取戻すことができ、封をしたまま手紙をポケットにしまっておけるようになるだろうと期待していた。だが、この方法はいつも一日延ばしに延ばされていた。

ある日のこと、自分の無気力なのにいらいらし、かっとなって手紙を読まずに引裂いた。紙ぎれが庭に散らばるや、僕は四つ這《ば》いになってそのあとを追いかけた。中にマルトの写真が入っていたのだった。あんなに迷信深くて、ちょっとしたことも悲劇的に解釈する僕が、マルトの顔を引裂いたのだ。僕はそこに神の警告を見た。僕の不安は、四時間かかって、手紙と肖像を貼《は》り合せてしまうまで、しずまらなかった。これまでにこんな努力をしたことはなかった。マルトに何か不幸が起りはすまいかという危惧《きぐ》が、目と神経をぼんやりさせてしまったこの愚かしい仕事のあいだじゅう、僕をささえてくれた。

ある専門医がマルトに海水浴を勧めていた。僕以外の人間に彼女の肉体を見せたくないので、自分の意地悪を責めながらも、僕はそれを禁じた。

なお、いずれにしてもマルトはグランヴィルで一カ月を過さねばならないのだから、ジャックのいてくれるのを僕はむしろ喜んでいた。家具を買いに行った日にマルトが見せてくれた、白服を着たジャックの写真を思い出した。僕が何よりも恐れていたのは、海水浴場の青年たちだった。僕は彼らを、自分より美しくて、強くて、おしゃれな男のように決めこんでいた。

彼女の夫が、これらの男から彼女を守ってくれるであろう。

心に優しい愛情がこみ上げてくるようなときには、あたかも誰彼かまわず接吻する酔っぱらいのように、ジャックに手紙を書いて、自分がマルトの恋人であることを打明け、恋人であることを楯《たて》にとって、彼女のことをよろしく頼もうかしらなどと夢想することがあった。時として、ジャックと僕に熱愛されているマルトがうらやましくなることがあった。僕たちは力を合せて彼女の幸福をはかるべきではなかろうか？こんな切ない気持にかられると、僕は自分が親切な恋人のように感じられてきた。ジャックと知合いになって、一部始終を説明し、なぜ僕たち二人はお互いに嫉妬《しっと》しあってはならないかを話してみたくなった。すると突然、憎悪《ぞうお》が、こうした優しい気持をまたもとに引戻すのだった。

手紙のたびに、マルトは自分の部屋に行ってくれと頼んでいた。彼女のこうした根気強さは、僕が一度も祖母のお墓参りをしないと言って非難する、信心に凝りかたまった叔母の一人のそれを思い出させた。僕は霊地詣《もう》での本能など持ち合せていなかった。こうした退屈なおつとめは、死や恋愛を一カ所に閉じこめてしまうものだ。墓場とか、ある一定の部屋でなければ、死んだ人や、今目の前にいない恋人のことを考えられないものだろうか？　僕はそんなことをマルトに説明しようとはしなかった。そして、彼女の家に行ったと言ってやった。ちょうど、叔母に、お墓参りをしたと言ってやったように。ところが、妙な事情からだが、マルトの部屋へ行かねばならないことになった。

ある日のこと、汽車で、いつか保証人にマルトと会うことを禁じられた例のスウェーデン娘に会った。孤独をかこっていた折だったので、僕はこの少女の子供っぽさに興味をひかれた。翌日こっそりJ……へお茶を飲みに来ないかと誘ってみた。相手が怖気《おじけ》づかないように、マルトが留守なことは隠しておいた。そして、彼女もどんなにか喜ぶだろうとまで付け加えた。誓って言うが、自分が何をするつもりなのか、はっきりはわかっていなかった。僕の行動は、仲好《よ》しになって驚かしっこをする子供たちのそれだった。マルトの留守を知らさねばならなくなったとき、スヴェアの天使のような額に現われる驚き、あるいは怒りを見たくてたまらなかったのだ。

　そうだ、たしかに相手を驚かせたいあの子供らしい楽しみだったのだ。なぜといって、彼女は一種の異国趣味《エグゾチスム》で得をしていて、何か一言しゃべるごとに僕を驚かせていたが、僕の方は、彼女を驚かすような話は何一つ見つけ出せないからだった。互いに言葉のよく通じない者が、こうして急に親しくなることほど楽しいものはない。彼女は青い七宝のちりばめられた小さな金の十字架を首にかけていた。それは、かなり不格好な着物の上に下がっているので、僕は僕の趣味なりに着物を作り直していた。本当に生きた人形だ。客車の中などでなく、もっとほかの所でもう一度こうして差向いになりたい欲望がむらむらとこみ上げてくるのを僕は感じた。

　お上品ぶった彼女の態度をややぶちこわしているのは、いかにもピジエ校の生徒らしい身ごなしだった。ところで彼女は一日に一時間この学校にフランス語とタイプライターを習いに行っていたのだが、大して効果はなかった。彼女はタイプライターの宿題を見せてくれた。一語ごとに間違いがあって、余白に先生が訂正していた。彼女は、明らかにお手製のひどく無趣味なハンドバッグから、伯爵《はくしゃく》の冠の飾りのついたシガレット・ケースを取出した。そして僕に一本勧めた。彼女自身は吸わなかったが、友人たちが吸うので、いつもこのケースを持っていた。彼女は聖ヨハネ祭の夜とか、苔桃《こけもも》のジャムとかいった、スウェーデンの風習を語ったが、僕はいかにもそれをよく知っているようなふりをしていた。それから彼女は、前日スウェーデンから送ってきたという、双生児の妹の写真をハンドバッグから取出した。彼女のお祖父《じい》さんの、シルクハットをかぶり、素っ裸で馬に乗っている姿だった。僕は真っ赤になった。この妹はあまりにも彼女によく似ているので、僕をからかうつもりで自分自身の写真を見せているのではないかと疑ったほどだった。僕は唇をぐっと嚙《か》みしめて、この無邪気なお転婆《てんば》娘に接吻《せっぷん》したがっている唇の欲望を押えていた。僕はよっぽど獣のような表情をしていたものに違いない。なぜといって、彼女はびくびくしながら、危険信号をじっとうかがっていたから。

翌日彼女は四時にマルトの家にやって来た。マルトはパリに行っているが、すぐに帰って来るだろう、と僕は言った。そして、「帰って来るまであなたを帰さないように言われている」と付け加えた。僕の策略はずっとあとにならねば打明けないつもりだった。

幸いに彼女は食いしんぼうだった。ところで僕の食いしんぼうは前例のない型のものだった。僕はパイや木苺《きいちご》入りのアイスクリームには全然食欲を感じないで、彼女が口に近づけるそれらのパイやアイスクリームになりたかった。僕は思わず自分の口をゆがめていた。

僕がスヴェアをほしがったのは、不品行のせいではなくて、食いしんぼうのせいだった。唇がいけなかったら、頰でもよかったであろう。

僕は彼女によくわかるように、音節《シラブ》を一つ一つはっきり発音しながら話した。いつもは黙りがちな僕なのに、こうした楽しいままごとに興奮して、早く話せないことをもどかしがっていた。僕はおしゃべりや、子供っぽい打明け話がしたくてたまらなかった。僕は自分の耳を彼女の口にくっつけていた。そして彼女の幼稚な言葉に聞き惚《ほ》れていた。

僕は無理強《じ》いにリキュールを一杯飲ませた。飲ませたあとで、まるで小鳥でも酔っぱらわせたように、彼女のことがかわいそうになった。

彼女が酔えば、僕の計画どおりになると僕は期待していた。というのは、彼女が唇を与えてくれるのは、喜んで与えてくれるのであろうと、そうでなかろうと、僕にとってはほとんど問題ではなかったから。マルトの部屋でこんなことをするのは不謹慎だとは思ったが、結局僕たちの愛から何も取去るわけではないと自分に繰返した。僕はスヴェアを果実のように欲しているのであった。恋人はなにも嫉《や》くには当らないことなのだ。

僕は彼女の手を握っていた。そうした自分の手はひどく不格好に見えた。僕は彼女の着物を脱がせ、腕にかかえて軽く揺すぶってやりたかった。彼女は長椅子《いす》の上に横になっていた。僕は立ち上がって、髪の生えぎわの、まだうぶ毛のところに身をかがめた。彼女が黙っていたからといって、僕の接吻で彼女が喜んだとは思わなかった。彼女は怒ろうにも怒れず、失礼にならないようにフランス語で僕を拒むのにはどう言ったらいいものかわからずにいたのだ。僕は彼女の頬を軽く嚙んだ。桃のように、甘い汁でもほとばしり出さないかと期待しながら。

ついに僕は彼女の唇に接吻した。彼女はその口も、目も閉じて、辛抱強く僕の愛撫《あいぶ》を我慢していた。彼女の拒む身ぶりは、ただ、頭を左右にかすかに振ることだけだった。僕は考え違いをしたわけではないが、僕の口が錯覚を起して、それを返事だと思い込んでしまった。僕はマルトに対してしたこともなかったほどに、彼女のそばにじっと寄り添っていた。この抵抗とはいえない抵抗は、僕の大胆さと呑気《のんき》さに希望を持たせた。まだ世慣れない僕は、このあとも同じように運び、わけなく相手を犯せるものと思い込んでいたのだった。

僕は女の着物を脱がせたことはなかった。むしろ女に脱がされる方だった。だから、不器用な手つきで、靴と靴下から脱がせはじめた。僕は彼女の爪先《つまさき》や脚《あし》に接吻した。だが、胴着のホックをはずそうとすると、スヴェアは、寝に行きたくないのにむりやり着物を脱がされる腕白小僧のようにやにわにもがきだした。彼女は足でめちゃくちゃに僕を蹴《け》った。僕は宙で彼女の足をつかまえ、押えつけて、そこに唇を押しあてた。やがて飽きが来た。クリームや砂糖菓子をあんまり食べすぎると食い意地も収まってくるように。僕は自分の嘘《うそ》を打明けて、マルトは旅行中であることを言わねばならなかった。僕は彼女に、今度マルトに会っても僕たちの会ったことは決して口外しないと約束させた。僕がマルトの恋人であることは打明けなかったが、それとなくほのめかしておいた。彼女に飽いてしまった僕が、それでもお義理に、いつかまた会えるかしらと聞くと、神秘的なものをのぞきたい気持から、彼女は、「では明日ね」と答えた。

僕は二度とマルトの家へは行かなかった。おそらくスヴェアも、閉ざされた扉の鈴を鳴らしには行かなかったであろう。世間一般の道徳から見て、僕の行為がいかに非難すべきものであるかは、僕も感じていた。というのは、スヴェアがあんなにも高価なものに見えたのは、おそらく、環境のせいだったからである。マルトの部屋以外の所だったら、果して僕は彼女を欲したであろうか？

だが僕は後悔してはいなかった。そして、僕がスウェーデン娘をあのまま見捨てたのは、マルトのことを思ったからではなくて、彼女の甘い汁を全部吸い尽したからだった。

それから数日して、マルトから手紙が来た。それには家主の手紙が同封してあった。自分の家は連れこみ宿ではないのに、僕がいかにその部屋の鍵《かぎ》を悪用して女を引っぱりこんだか、ということを知らせた手紙だった。わたしにはあなたの裏切りのはっきりした証拠がある、とマルトは付け加えていた。彼女は二度と僕には会わないと言っていた。たしかにそれは苦しいだろうけれど、だまされているよりは、苦しむ方がましだというのだった。

こうした威《おど》し文句が取るに足りないものであること、これをへこますには、何か嘘をつけば、あるいは必要とあれば事実をそのまま言ってやればそれで済むことはわかっていた。だが僕がむしゃくしゃしたのは、マルトがこの絶縁状の中で自殺を口にしていないことだった。僕は彼女の冷淡さを責めた。こんな手紙には弁解の必要はないと思った。なぜならば、かりに僕が同じ境遇におかれたら、たとい実際にはそんな気はなくても、お義理にでも、自殺すると言ってマルトをおどかさねばならないと思ったであろうから。青春時代と学生時代の消しがたい名残りで、僕は、ある種の嘘は恋愛法典の命ずるところだと信じていた。

僕の恋愛修業に一つの新しい仕事ができてきた。マルトに対して身のあかしを立て、家主よりも僕の方を信用していないことを責めるのだ。マラン一味の陰謀がいかに巧妙なものであるかを彼女に説明した。——なるほど、スヴェアは僕があんたの家で手紙を書いているときに、あんたに会いにやって来た。僕が戸をあけてやったのは、窓越しにこの少女の姿を見たとき、彼女があんたから遠ざけられているのを知っていたので、あんたがこのつらい別れのことで彼女を恨んでいるように思わせておきたくないと思ったからだ。彼女だって、きっと、数知れぬ危険を冒して、こっそりやって来たものに違いないのだ。

こうして、僕はマルトに、彼女に対するスヴェアの愛情は依然変りがないことを知らせてやることができた。そして、手紙の最後は、彼女の家で、その最も仲のいい友達と彼女の噂《うわさ》をすることができて非常に慰められたと結んだ。

こんなふうに驚かされて、僕は、お互いの行動を報告しあわねばならぬ恋愛なるものが呪《のろ》わしくなってきた。できることなら、他人に報告したくないと同じように、自分にも報告してもらいたくなかった。

だが、と僕は考えた。すべての人間が、自分の自由を恋愛の手に引渡すところをみると、恋愛にはよほど大きな利益があるのに違いない、と。僕は早く、恋愛なしで済ますことができるほど、したがって自分の欲望を何一つ犠牲にしなくても済むほど強くなりたいと願っていた。同じ奴隷《どれい》になるにしても、官能の奴隷になるよりは、愛情の奴隷になる方がまだましだということを、当時僕は知らなかったのだった。

蜜蜂《みつばち》が蜜を漁《あさ》ってその巣を豊かにするように、恋する男は、道を歩いて感ずるあらゆる欲望で自分の恋愛を豊かにするものだ。その恩恵を蒙《こうむ》る者は相手の女性である。僕はまだ、不忠実な性質をいかにも忠実らしく見せるこうした訓練を知らなかったのだった。ある男が一人の娘をほしがっていて、その熱情を現在自分の愛している女に移すと、満たされないがためにますます強烈になるその欲望は、その女に、今までこんなに愛されたことはなかったと信じさせるであろう。その女はだまされているわけだが、世間でいうところの道徳は別に傷つけられはしない。こうした計算から放蕩《ほうとう》がはじまるのである。だから、恋愛の真っ最中にその女をだますことのできるある男たちを、あまり性急に非難したり、浮気だと責めてはならない。彼らは逃げ口上はきらいだし、それに幸福と快楽を混同しようなどとは考えてもいないのだ。

マルトは僕の身のあかしを立てるのを待っていたのだった。彼女は非難めいたことを言ったのを許してくれと言ってきた。僕はややもったいをつけて許してやった。彼女は、家主に手紙を書いて、たとい留守でも、僕が彼女の友人の一人を部屋に入れることはかまわず許してほしいと、皮肉な調子で言ってやった。

マルトは、八月の下旬に帰ってくると、J……には住まず、両親が別荘住まいをつづけているので実家で暮した。これまでマルトがずっと暮してきたここの新しい舞台装置は、僕には媚薬《びやく》として役立った。官能の疲れや、一人寝をねがうひそかな願いは消え失《う》せた。僕は一晩だってうちでは寝なかった。若死にする人たちが、性急にものごとをするように、僕は燃え立ち、先を急いだ。母親となって使いものにならなくなる前にマルトを利用したかったのだった。

彼女がジャックを入れようとしなかったあの少女時代の部屋が、僕たちの部屋だった。狭い寝台の上に、はじめて聖体を拝受した折の彼女の写真があったが、僕はそれを見るのが好きだった。僕たちの子供が彼女に似てくれるようにと、僕はむりやり彼女に、彼女のもう一つの肖像である、この幼な姿をじっと見つめさせた。彼女が生れ、そして花開くのを見てきたこの家の中を、僕は恍惚《こうこつ》となりながら歩き回った。物置部屋で、僕は彼女の揺り籠《かご》に手をふれ、これをもう一度使いたいと思った。それからまた、今はグランジェ家の大事な品物になっている彼女の子供のときの胴着や、小さなズボンを出させた。

僕はJ……の部屋には心残りはなかった。あそこの家具は、一般家庭の最も醜い家具ほどの魅力もなかった。それらは僕に何も教えてくれることはできなかった。それに反して、ここでは、これらすべての家具がマルトについて語っていた。小さいころ、彼女はこれらの家具に頭をぶっつけたに違いなかった。それに、町会議員もいなければ家主もいないで、僕たち二人きりで生活していた。僕たちはほとんど裸体で全くの無人島のような庭を散歩したが、土人と同じように気兼ねなどしなかった。芝生の上に寝そべり、馬の鈴草や忍冬《すいかずら》や野ぶどうの青葉棚《だな》の下でおやつを食べた。太陽のぬくもりの残った、熟してつぶれた梅の実を僕が拾うと、二人は口と口で奪い合った。僕の父は、いくらやかましく言っても、弟たちにさせるように、僕に庭の手入れをさせることは決してできなかった。ところがその僕が、マルトの庭の世話をした。熊手《くまで》で芝生をかき、雑草を抜いた。暑かった一日の夕方には、大地やしおれた草花の乾きをいやしてやることに、女性の欲望を満たしてやると同じような、男らしい、陶酔的な誇らしさを感じた。それまで僕は、いつも、親切なんていささか愚かしいものに思っていた。ところが今は、その効力がすっかりわかってきたのだった。花は僕の世話のおかげでほころび、鶏は僕が餌《えさ》をやったあと日陰で眠った。なんという親切！――いやなんという利己主義だ！　花が枯れ、鶏が痩《や》せては、僕たちの愛の島は、寂しくなってしまったことだろう。僕のやった水や餌は、花や鶏よりも実は僕自身に与えられていたのだ。

こうして心に春が再びめぐってくると、僕は先ごろ考えついたことなどは忘れてしまっていた。あるいは問題にしていなかったのかもわからない。このマルトの実家に接することによって挑発された放縦を、僕は放縦の仕納めだと思っていた。だから、八月のこの最後の一週間と、九月の月が、僕が本当に幸福だった、ただ一つの時期だった。僕はごまかしもしなければ、また、自分を傷つけることも、マルトを傷つけることもしなかった。僕の目には、もはやなんの障害もなかった。僕は十六歳にして、分別盛りの人が望むような生活の仕方をじっと見つめていた。僕たちは田舎で暮そう、そしてそこでいつまでも若くていよう、と思ったのだった。

芝生の上に、彼女に寄り添って寝ころび、草の葉っぱで彼女の顔を撫《な》でながら、僕はゆっくり、静かに、僕たちの未来の生活を話してきかせた。マルトは帰ってきてから、パリに僕たちのための部屋を捜していた。僕が田舎で住みたいと言うと、彼女は目をうるませた。「そんなこと今までどうしても言い出せなかったのよ」と彼女は言った。「だって、わたしと二人っきりだったら、きっと退屈なさるだろうし、あんたには都会が必要なのだ、と思ったのよ」――「あんたにはまるで僕という人間がわかっていないんだね！」と僕は答えた。僕は、いつか二人で散歩に行ったことのある、あの、ばらが栽培されているマンドルの付近に住みたいものと思っていた。その後、マルトとパリで夕食を食べて、偶然終列車に乗ったとき、僕はこのばらの香を嗅《か》いだことがあった。駅の構内で、人夫たちが芳香を発散する大きな箱を降ろしているところだった。僕は幼年時代に、子供たちの眠っている時刻にこの神秘的なばら列車が通るという話をひとがしているのを小耳にはさんだことがあった。

マルトは言った。「ばらって一季節だけのものよ。その季節がすぎると、マンドルを汚《きた》ないとお思いにならないかしら？　マンドルほど美しくなくても、もっと一年中平均して魅力のある所を選ぶのが賢明じゃないかしら？」

そう聞いて僕には自分がはっきりわかった。二カ月間ばらを楽しみたいという欲求が、残りの十カ月を僕に忘れさせていたのだ。そしてマンドルを選んだという事実は、僕たちの愛のはかなさのもう一つの証拠を僕に示していた。

散歩をするとか、招待されているとかを口実にして、僕はしばしばF……では夕食をせずに、マルトと一緒にいた。

ある日の午後、彼女のそばに飛行服を着た一人の青年がいた。それは彼女の従兄《いとこ》だった。僕が彼女によそよそしい口をきくと、彼女は立ち上がり、僕のそばに寄ってきて、首に接吻《せっぷん》した。彼女の従兄は僕が当惑しているのを見て、にっこりと笑った。「ポールの前じゃ、遠慮することなんかないわ」と彼女は言った。「何もかも話しちまったのよ」僕は当惑したが、僕を愛していることをマルトが従兄に打明けてくれたのはうれしかった。自分の制服が正規のものでないことばかり気にしているこの感じのいい、だが浅薄な感じの青年は、僕たちの恋愛を喜んでいるようだった。彼は、ジャックが飛行士でもなければバーの常連でもないという理由でかねがね軽蔑《けいべつ》していたところなので、いい面《つら》の皮だと思っていた。

ポールは、この庭が舞台だった子供時代のすべての遊びを思い出させた。思いがけない光の下にマルトを照らし出すこうした話が聞きたくて、僕は盛んに質問した。だが、同時に僕は悲しくなった。というのは、僕はまだ少年時代を抜け出たばかりなので、親たちの知らないあの遊び——大人はそれをすっかり忘れてしまったのか、あるいはそれを避けることのできない病気のように思っているのだ——を忘れていなかったからだった。僕はマルトの過去がねたましかった。

僕たちが笑いながら、家主にひどく憎まれていることや、マラン家の宴会のことを話すと、ポールは急に思いついて、パリの自分の独身部屋を使ったらと言ってくれた。僕たちに同棲《どうせい》する計画があるのをマルトはまだ彼に打明けていないことに、僕は気がついた。僕たちの恋愛が遊びであるうちこそけしかけはするが、一旦《いったん》醜聞が立てば、狼《おおかみ》どもと一緒になって吠《ほ》え出しそうな気がした。

マルトが食卓から立って、給仕した。女中たちはグランジエ夫人について田舎へ行っていた。というのは、マルトがいつも用意周到に、ロビンソン・クルーソーのような生活しかしたくないと言っていたからだった。彼女の両親は、彼女のことをロマネスクな娘だと考えていた。そして、ロマネスクな人間は気違いも同然で、逆らってはならないと思っていたので、彼女を一人残しておいたのだった。

僕たちは長いあいだ食卓に残っていた。ポールは極上のぶどう酒を出してきた。僕たちは、陽気にはしゃいだ。だが、おそらくあとになって後悔するような陽気さだった。というのは、ポールは、世上のありふれた姦通《かんつう》話を打明けられているように振舞っていたからだった。彼はジャックを嘲笑《ちょうしょう》した。僕は黙り込んで、危うく彼に、その気のきかなさ加減を感じさせるところだった。だが、この気軽な従兄に恥をかかせるよりは、むしろ、一緒になって悪口を言いたかった。

時計を見たときには、パリ行の最終列車はもう通過してしまっていた。マルトは泊って行くように勧めた。ポールは承諾した。僕が物問いたげな目でマルトを見ると、彼女は追いかけて言った。「もちろん、あんたは泊ってくのよ」僕たちの部屋の入口でポールが僕たちにおやすみを言って、従妹の頬にきわめて自然に接吻したとき、僕はマルトの夫として自分の家にいて、妻の従兄をお客にしているような錯覚をおこした。

九月の末になると、この家と別れるのは幸福と別れることだと、僕ははっきり感じた。まだ数カ月の猶予《ゆうよ》はあるが、嘘《うそ》の中に生きるか真実の中に生きるかを選ばねばならなくなるであろう。そのいずれにしても、気楽に済むことではなかった。僕たちの子供の生れる前にマルトが両親に見捨てられては大変なので、とうとう思いきって、妊娠したことをグランジエ夫人に知らせたかどうか聞いてみた。彼女は言ったと答えた。そして、ジャックにも知らせたと言った。ここで僕は、彼女がときどき僕に嘘をついていたのを確かめることができた。というのは、五月、ジャックが滞在して帰ったあと、彼を寄せつけなかったと誓ったことがあるからだった。

だんだん日の暮れるのが早くなり、夕方の冷気は僕たちの散歩を妨げた。J……で会うのはむずかしくなっていた。醜聞が立たないように、僕たちはまるで泥棒のように用心をし、マラン家の人たちや家主が留守になるのを道で待ち伏せていなければならなかった。

冷えはするけれども火をたくほどには寒くない、この十月の宵の寂しさは、僕たちに五時から床に入ることを勧めた。両親の家では、昼間寝るのは病気のときだけだった。この五時から床に入ることは、僕を喜ばせた。僕たちよりほかに床に入っている人々がいるとは考えられなかった。活動的な世界の真ん中で、僕は活動を停止して、マルトと二人きりで寝ていた。マルトの裸体姿は見るに忍びなかった。では僕は非道きわまる人間なのだろうか？　僕は、男性としての最も高尚なつとめを果したことを後悔していた。マルトの美しさがめちゃくちゃになり、その腹が出張っているのを見て、僕は自分を野蛮人だと思った。二人が恋し合うようになった初めのころ、僕が彼女を噛《か》んだら、「わたしに印をつけて」と彼女は言いはしなかっただろうか？　ところで、僕は、最も醜い印をつけたのではあるまいか？

今や、マルトは僕にとって最愛の女——多くの愛人の中で最も愛している女という意味ではない——であるばかりでなく、あらゆる一切の代りになるものだった。僕は友人のことなど考えもしなかった。それどころか、彼らを恐れていた。というのは、僕たちを僕たちの道からそらせることこそ僕たちに対する奉仕だと彼らが考えているのを、知っていたからだった。幸いなことに、彼らは僕たちの愛人なるものはすべて、どうにも我慢のならない女、僕たちにふさわしからざる女と思っている。それでまた助かりもするのだ。もしそうでなかったら、僕たちの恋人は彼らに取られてしまうかもわからない。

父は心配しはじめていた。だがこれまでずっと、叔母や母に対して僕をかばってきたので、いまさら考えを変えたように取られたくなかったのだった。そこで、彼女たちには何も言わないで彼女たちの味方になっていた。僕に向って、父は、どんなことをしてもマルトと手を切らせると断言した。彼女の両親や夫に知らせるかもわからない、と言った。……だが翌日になると、父は僕を自由にしてくれた。

僕は父の弱点を見抜いていた。そこでそれを利用していた。僕は口答えさえした。母や叔母が用いていたと同じ手で、僕は父に向って、いまさら父の権利を振回しても遅すぎると非難して、困らせた。僕がマルトと知合いになることを望んだのはお父さんではなかったか、と僕は言った。今度は父の方が困ってしまった。陰鬱《いんうつ》な雰囲気《ふんいき》が家じゅうに漂っていた。二人の弟たちにとって、これはなんという手本だったことだろう！ 他日彼らが僕の例にかこつけて自分たちの不行状を弁護した場合なんとも答える言葉がないのを、父は今から心配していた。

このころまでは、父は火遊びぐらいに考えていたのだった。ところがまたしても、母に手紙を押収されてしまった。母は意気揚々としてこの証拠書類を父のところに持って行った。マルトはその中に、僕たちの将来や僕たちの子供のことを書いていた！　母は僕をまだほんの赤ん坊のように思っていたので、この僕から自分の孫ができようなどとは到底考えられないのだった。自分の年齢でお祖母《ばあ》さんになるなどとは、あり得べからざることに思えた。結局のところ、これが、彼女にとっては、この子供が僕の子供ではないという何よりの証拠なのだった。

誠実な気持も、最も卑劣な感情と結びつくことがある。深い誠実な気持を持っていた母は、妻が夫を裏切るといったことは認めることができなかった。そうした行為は、母には、愛情とは関係のない不行跡に思われた。僕がマルトの恋人であるということは、母にとっては、マルトはまだほかに幾人かの恋人を持っているということを意味していた。父はこうした推論はどんなに間違いを犯すものであるかを知っていたが、これを利用して、僕の心を混乱させ、マルトの立場をなくそうとした。父は僕に、《知らない》のは僕一人だとほのめかした。そこで僕は、彼女が僕を愛しているので、他人がそんなふうに彼女を中傷するのだとやり返した。父は、僕がそうした噂《うわさ》を利用するのを恐れて、この噂は僕たちの関係の前から、いや彼女の結婚の前からもあったと太鼓判を押した。

これまで家の体面をつくろっていた父が、すっかり慎みをなくしてしまった。そして、数日僕が帰らないと、至急帰るようにとの僕あての手紙を、マルトの家にまで女中に持たせてよこした。もし帰らないと、僕の家出を警視庁に届けて、未成年者誘拐《ゆうかい》のかどでラコンブ夫人を起訴するというのだった。

マルトは体裁をつくろって、いかにも驚いたようなふうをし、僕が来次第手紙をお渡しすると女中に言った。それから少したって、僕は自分の年齢を呪《のろ》いながら帰って行くのだった。年が若いので、自由に振舞えなかった。父も母も口をきかなかった。実六法全書をあちこちめくってみたが、未成年者に関する条項は見つからなかった。実にうっかりしていたが、僕のような行為をすると感化院に入れられるかもわからないことを、僕は考えていなかった。結局、六法全書をひっくり返してみても駄目だったので、今度はラルース大辞典をひいてみた。そしてその中の《未成年者》の項を十回も読み返したが、僕たちに関係したことは何一つ発見できなかった。

翌日になると、父はまた僕を自由にしてくれた。

父のこの奇怪な行動の動機を詮索《せんさく》したい人々のために、僕はこれを三行に要約しよう。父は僕の好き勝手にさせておいた。それからそれが恥ずかしくなった。そこで僕に対してというよりは、むしろ自分に対して腹を立てて、僕をおどかした。それから腹を立てたことが恥ずかしくなって、手綱をゆるめたのだ。

グランジエ夫人も、田舎から帰ると、近所の人々が罠《わな》をかけたずるい質問をするので、警戒しだした。近所の連中は、いかにも僕をジャックの弟と信じているようなふりをして、僕たちが寝起きを共にしていたことを夫人に告げた。一方、マルトも、なんでもないことに僕の名前を口にしたり、また僕の言ったことやしたことを話さずにはいられなかったので、母親には、ジャックの弟なる人物が誰であるか、すぐにわかったのだった。

子供はジャックの子だと信じていた夫人は、この子が生まれれば、万事けりがつくと確信していたので、まだ許していた。騒ぎを恐れて、夫人はグランジエ氏には何も話さなかった。だが夫人は、こんなふうに秘密を守っているのは自分が寛大な心を持っているからで、これはマルトに伝えて感謝してもらわねばならぬと思っていた。自分は何もかも知っているのだということを娘に示すために、夫人は絶えず娘を悩まし、ほのめかすような物言いをしていた。しかもそれがひどく不器用なので、グランジエ氏は妻と二人きりのとき、そう絶えず気を回していては、しまいには娘も頭が変になるだろうから、罪のないかわいそうな娘をいたわるようにしてほしいと頼んだほどだった。するとグランジエ夫人は、それに対しては、ときどきにやりとほほえむだけだった。娘は白状しましたよと言わんばかりに。

こうした態度や、またジャックが初めて帰って来たときの夫人の態度を見ると、夫人は、たとい娘の行為を完全に悪いとしていても、ただ夫や婿《むこ》に難癖をつけていい気持になりたいばかりに、彼らの前では、娘を良しとしたに違いないと思わぬわけにはいかない。心の底では、グランジエ夫人は、マルトが夫を裏切ったことに感心していた。これは夫人が、小心なためか、あるいは機会がなかったためか、とにかく、自分ではあえてなし得なかったことである。自分が理解されなかった――夫人はそう思い込んでいた――ことの仇《あだ》を娘がうってくれたのだ。そこで、愚かな理想家である夫人には、娘が、誰よりも《微妙な女心》を理解することのできない、僕のような青臭い少年を愛したことだけが恨めしいのだった。

ラコンブ家の人々は、マルトの足がだんだん遠のいてはいったが、パリに住んでいたので、なんの疑いも起さなかった。ただ、彼らにはマルトがだんだん変な女に思われてき、ますます気に入らなくなってきた。彼らは将来のことを不安に思っていた。数年したらこの夫婦は一体どうなることだろうと心配していた。原則として、どんな母親でも、息子の結婚を何にもまして望んではいるが、息子の選んだ嫁には不賛成なものだ。だからジャックの母親は、こんな妻を持った息子を気の毒に思っていた。ラコンブ嬢が悪口を言う主要な原因は、マルトが海岸でジャックを知った夏、かなり深くなったロマンスの秘密をマルトが自分の胸一つにしまい込んでおいたことからきていた。この妹は、あるいはまだそんなことにはなっていないかもわからないが、そのうちにはマルトはジャックを裏切るだろうと言って、兄夫婦に対して最も暗い未来を予言していた。

妻と娘のこうした激しい憎しみを見て、マルトを愛していたお人好《よ》しのラコンブ氏は、時として食卓を立たずにはいられなかった。すると、母と娘は意味ありげな視線をかわした。ラコンブ夫人の視線は、「ねえ、ごらん、ああいう女は男をまどわす術《すべ》を心得てるんだよ」と言ってい、ラコンブ嬢のそれは、「わたしにお嫁入りの口の見つからないのは、わたしがマルトのような女じゃないからだわ」と語っていた。実を言うと、この不幸な女は、自分の方ではかなり乗気なのに、夫を逃がしてしまっては、「時代が変れば風習も変る」とか、結婚は昔のやり方ではまとまらないとか言って、体裁をつくろっていた。彼女の結婚の希望は、海水浴のシーズンのあいだだけ続いていた。青年たちはパリに帰ったらさっそくラコンブ嬢に婚約を申込みに来ると約束した。だがそれっきりなんの音沙汰《おとさた》もなかった。二十五歳に手の届きかけているラコンブ嬢のおもな不満の種は、おそらく、マルトがあんなにも簡単に夫を見つけたということだった。自分の兄のような馬鹿《ばか》だからこそつかまったんだと自分に言いきかしては、彼女は自ら慰めていた。

だが、両家の人たちがいかに疑ったとしても、マルトの子供に、ジャック以外の父があろうとは、さすがに誰も考えなかった。僕にはこれがかなり癪《しゃく》だった。まだ本当を言わないのは卑怯《ひきょう》だと、マルトを責める日もあった。自分自身にしかない弱点を誰でもが持っているように考えがちな僕は、グランジエ夫人はこの事件の発端を軽く見ていたから、最後まで目をつぶっているだろうと思っていた。

嵐《あらし》が近づいていた。父はマルトからの幾通かの手紙をグランジエ夫人のもとへ送るとおどかした。僕はむしろ父がそのおどかしを実行するのを望んでいた。それから考えた。グランジエ夫人はそれらの手紙を夫に隠すにちがいないと。それに、夫妻とも嵐など起らないでほしいと思っているのだ。僕は息苦しかった。僕はこの嵐を呼んでいた。父はこれらの手紙を、直接ジャックに送ってくれねばならないのだ。

ある日、父が怒って、その通りにしたと言ったとき、僕は父の首ったまに抱きつきたくなった。やっとこれでいいのだ！　父は僕のために、ジャックが知らねばならぬことを彼に知らせてくれたのだ。僕の恋をそんなに弱いものと信じている父が気の毒だった。それに、あれらの手紙を見れば、ジャックは、僕たちの子供への感動的な愛情を語った手紙などはもうよこさなくなるだろう。僕は熱に浮かされていたので、そうした手紙を送るといった行為は、まるで無茶な、実行不可能なことだということがわからなかった。翌日、父が冷静を取戻して、実は嘘《うそ》を言ったのだと白状し、僕を安心させた――父はそう信じていた――ときに初めて、僕にはそれがはっきりわかりはじめたのだった。そんな仕打ちは非人情的だと父は言うのだった。たしかにそうだった。だが、人情と非人情の区別はどこにあるのだろう？

僕の年齢で大人の色事と取組み合った数々の矛盾に打ちのめされて、あるときは卑怯になり、あるときは大胆になり、僕は神経の力をすっかり涸《か》らし尽していた。

恋愛は僕の心の中で、マルト以外のすべてを麻痺《まひ》させてしまった。僕は父が苦しんでいるだろうなどということは考えもしなかった。僕は何事についても、誤った、卑怯な考え方をしていたので、しまいには、父と僕とのあいだに宣戦が布告されたものと思い込んでしまった。だから、僕が子としての義務を踏みにじったのは、もはや単にマルトに対する愛からばかりではなく、あえて言えば、時には復讐心《ふくしゅうしん》からでもあったのだ！

父がマルトの家に持って来さす手紙には、僕はもはや大して注意を払わなかった。するとマルトが、もっとしばしば家に帰るように、分別を持ってくれるようにと頼むのだった。そこで僕は怒鳴った。「なんだ、君まで僕に反対するのか？」と。僕は歯ぎしりをし、地団太をふんだ。ほんの数時間彼女と離れることを考えただけで、僕がこんなふうになるのを見て、マルトはそこに情熱のしるしを見た。愛されているというこの確信が、かつて見られなかった安心を彼女に与えていた。僕が彼女を思っているという自信があるので、彼女は僕に家へ帰るようにと主張してやまなかった。

この勇気がどこから来るのか、僕はすぐに気づいた。そこで僕は戦術を変えはじめた。いかにも彼女の理屈に従うようなふりをした。するとたちまち、彼女の態度が変ってきた。僕がこんなにもおとなしい（あるいはこんなにもあっさりしている）のを見て、愛情が少なくなったのではないかと恐れた。今度は彼女の方がそばにいてくれと頼みだした。それほど、彼女は安心させてもらいたかったのだ。

ところで一度、どんなに手を尽してもうまくいかないことがあった。すでにもう三日、僕は両親のもとへ帰っていなかった。そしてもう一晩泊ると言ってきかなかった。彼女はこの決心をひるがえさせようとして、愛撫《あいぶ》したり、おどしたり、あらゆる手を試みた。今度は彼女の方でも駆引きを覚えてしまった。しまいには、僕が両親のところへ帰らないと、自分の方で実家へ泊りに行くと言い出した。

僕は、そんな立派そうなことをしても僕の父は感謝なんかしないよ、と答えた。

——ではいいわ！　母のもとへは行かないで、マルヌ川へ行くわ、風邪《かぜ》をひいて、死んであげるわ、そうしたらやっとあんたから解放されるわけね、なんてことを彼女は言い出した。「せめて、わたしたちの子供のことだけはかわいそうに思ってちょうだい」とマルトは言った。「いわれもないことに、この子の命まで巻きぞえにしないでね」僕が彼女の愛情をもてあそんでいる、愛情の限度を調べにかかっていると言って、彼女は責めた。こんなことをしつこく言われたので、僕は、彼女が誰彼なしにつきあって僕をだましている、という父の言葉を彼女に向って繰返した。だまされてたまるものか！「僕の言いなりになれない理由が一つだけあるんだ。今晩、好きな男の一人が来るんだろう」と僕は言った。こんな馬鹿げた不当な言葉に、なんと答えられよう？ 彼女はくるりと背中を向けた。こんなに侮辱されてもいきり立たない彼女を責めた。結局、僕がうまく口説《くど》き落したので、彼女も僕と一夜を過すことを承知した。ただ彼女の家でなくという条件つきで。翌朝、僕の両親のところから使いが来たとき、家主の家族に、自分が家にいたと言われるのがどうしてもいやだというのだった。

ではどこで眠ろう？

僕たちは、椅子《いす》の上に立って、大人より首だけ高いといばっている子供のようなものだった。周囲の事情のために、僕たちは背のびをしていたが、いつまでもそうしていることはできなかった。それに、僕たちは世の中のことには無経験だったので、複雑なことがきわめて簡単に見えることもあったが、反対に、非常に簡単なことが障害になった。これまでに、ポールの独身部屋を思いきって使ってみたこともなかった。

門番に銀貨を一枚握らせて、ときどき来るからよろしく、と言うようなことは、僕には到底できそうになかった。

では、ホテルに泊るよりほかに道はなかった。僕はこれまでにホテルになど行ったことはなかった。あそこの閾《しきい》をまたぐのかと思うだけで、身震いがした。

子供はなにかと口実を考えるものだ。いつも両親の前で言いわけをさせられているので、必然的に嘘をつくようになるのだ。

曖昧宿《あいまいやど》のボーイに向っても、何か言いわけをしなければならないもののように僕は考えていた。そこで、着替えの下着と化粧道具がいくらかいると言って、むりやりマルトにトランクを用意させた。僕たちは部屋を二つ頼もう。そうすれば姉と弟と思うだろう。僕の年齢では(それはカジノからでも追っ払われる年齢だ)どんな恥をかかないでもないから、一部屋しか頼まないなんてことは到底できそうにない芸当だった。

夜の十一時の旅は果てしもなく長く思われた。僕たちの車にはあと二人乗っていた。妻が夫の大尉《たいい》を東停車場まで送って行くのだった。車には、スチームも通っていなければ、灯もついていなかった。マルトは湿っぽいガラスに頭をもたせかけていた。彼女は残忍な少年の気紛れのままになっているのだった。彼女に対していつもあんなに優しいジャックの方が、僕などよりどんなに愛される価値があるだろうと考えると、僕はひどく恥ずかしくなり、苦しかった。

僕は低い声で、言いわけをしないではいられなくなった。すると彼女は頭を横に振った。「わたし、あの人と幸福であるよりは、あんたと不幸な方がましだわ」と彼女はつぶやいた。これは、なんの意味もない、口に出すのも恥ずかしいような愛の言葉だが、愛する者の口からこう言われると、うっとり酔わされてしまう。僕にはマルトの言葉の意味がわかったような気さえした。だが、正確にはどういう意味だったろう？　愛していない人間と一緒にいて果して幸福であり得るだろうか？

恋はわれわれに、相手の女性を、おそらく平凡ではあろうが至極穏やかな運命から引抜く権利を果して与えるものであろうかと、そのとき僕は考えたし、今もまた考えている。「あんたと不幸な方がましだわ……」というこの言葉には、無意識の非難が含まれていたのではあるまいか？　もちろん、マルトは僕を愛していたのだから、僕と一緒にいれば、ジャックと一緒では考えもつかないような楽しい時を経験したに違いない。だが、幸福な時を過させてやったからといって、僕が残酷になっていいという権利があるだろうか？

僕たちはバスティーユ駅で降りた。僕は、寒さはこの世の中で一番清浄なものと思って一向に苦にもしないのだが、この駅のホールの寒さは、港町の暑さよりも不潔だった。そして、それを償う陽気さもなかった。マルトは痙攣《けいれん》を訴えていた。彼女は僕の腕にしがみついていた。美も青春も忘れ、まるで乞食《こじき》のようにわが身を恥じている、哀れっぽい二人だった！

マルトの腹の大きなのが滑稽《こっけい》に思われたので、僕は伏目がちに歩いていた。父親の誇りどころではなかった。

氷のように冷たい雨に打たれながら、僕たちはバスティーユ駅とリヨン駅のあいだをさまよい歩いた。ホテルの前に来るたびに、入りたくないので、僕はへたな口実を考え出した。適当なホテルを、旅客だけが泊るホテルを捜してるのだ、とマルトに言った。

リヨン駅前の広場まで来ると、もう逃《のが》れようがなくなった。マルトはこれ以上苦しめるのはよしてくれと言った。

彼女を外に待たせておいて、何かしら漠然としたものを期待しながら、僕はある一軒のホテルの玄関に入った。ボーイがお部屋ですかと聞いた。そうだと答えるのはやさしいことだった。あまりにもやさしいことだった。それなのに僕は、現場を押えられたホテル荒しのように、言いわけを捜して、ラコンブ夫人が泊っていらっしゃるだろうか、なんてことを言ってしまった。「からかってらっしゃるんですか、お若い方？　その方なら外にいらっしゃるじゃありませんか」とでも言われそうな気がし、顔をあからめながら僕は訊《き》いたのだった。ボーイは宿帳を調べてくれた。それではアドレスを間違えたのにちがいない、と僕は言って外に出た。マルトには、ここには部屋がないし、この近所にも見つかりそうにないと説明した。僕はほっと息をついた。そして、逃げて行く泥棒のように、すたすたと歩き出した。

マルトをむりやりホテルに連れ込もうとしながら、しかもそこから逃げることしか考えていなかったので、つい今先までは、僕には彼女のことを考える余裕がなかった。そして今、僕は哀れな彼女をじっと見つめていた。僕は涙をぐっと押えた。そして、どこに泊るのと彼女が聞いたので、病人を恨まないでくれ、今日はおとなしく、彼女はJ……に、僕は両親のもとに帰ろうと頼んだ。病人！　おとなしく！　こうした場違いの言葉を聞いて、彼女は機械的な微笑を浮べた。

この恥ずかしさのために、帰途に思わぬ波瀾《はらん》が生じた。こうした残酷な目にあわされて、マルトが運悪く、つい、「でも、あんたってずいぶん意地悪だったわ！」と口をすべらすと、僕はいきり立って、彼女のことを寛大な心のない女だと思った。だが、もし逆に彼女が黙ってい、そんなことを忘れてるようなふうだったら、彼女は僕を病人か狂人のように考えてるのでこんなふうなのだと心配になったであろう。そこで僕は、彼女に次のように言わせるまでは承知しなかった。――わたしは忘れているのではない、だが許してあげてるからといって、わたしの寛大さにつけ込んではいけない、そんなことをされた日には、いつかあんたのひどい仕打ちに疲れ、疲労が愛情に打勝って、わたしはあんたを一人残して去るであろう、と。こうしたことを、むりやりはっきり彼女に言わせると、もちろんこんなおどし文句など信じてはいなかったが、《ロシアの山》（訳注　遊園地などで、昇り降りのはげしいレールの上をトロッコのような車に乗って疾駆する遊び）をすべり降りるときの感じにも似た、刻々に強まる、快い苦痛を覚えた。そこで僕はマルトにおどりかかり、これまでにかつてなかったほどに情熱をこめて接吻《せっぷん》した。「僕を捨てるって繰返し言ってごらん！」と、息をはずませ、彼女の体が砕けるほどにぐっと抱きしめながら言った。すると彼女は、奴隷《どれい》にもできないような、ただ霊媒だけができる、あの従順な態度で、僕を喜ばすために、自分にはなんのことやらさっぱり合点《がてん》のいかぬこの文句を繰返し言うのだった。

ホテルからホテルへと、あてどもなくさまよい歩いたこの夜こそ、運命を決したものだった。だが、これまで他にいろいろ突飛なことをしてきた僕には、それがよくわからなかったのだった。僕は、一生のうちにはこんなつまずきもあるものだと考えていたが、帰りの汽車の片すみに、疲れてがっかりした体をもたせかけ、歯をがたがたいわせていたマルトの方は《すべてを覚《さと》った》のだ。おそらく彼女は、一年間もこうした気違い車に乗せられて引きずり回された今は、死よりほかに解決はあり得ないことを見もしたに違いない。

翌日行ってみると、マルトはいつものように寝床にいた。僕も入ろうとすると、彼女は優しく僕を押しのけた。「気分が悪いのよ。帰ってね。わたしのそばにいちゃ駄目よ。風邪がうってよ」と言った。彼女は咳《せき》をしていた。熱があった。非難めいて見えないようにほほえみながら、昨夜風邪をひいたのに違いないと言った。苦しそうなのに、僕が医者を呼びに行くのを止めた。「なんでもないのよ。ただ暖かにしていればいいの」と彼女は言った。実は、僕を医者のところへ使いにやって、彼女の家の古いなじみであるその医者に変な目で見られたくなかったのだ。安心させられたい気持があったところなので、マルトに断わられると、僕の不安はぬぐわれた。だが、夕食に家へ帰ろうとしたとき、回り道をして医者のところへ手紙を届けてもらえないだろうかと言われて、この不安は再び頭をもたげ、先ほどより一層激しくなった。

その翌日マルトの家に行くと、階段のところでこの医者とすれちがった。僕は容態を訊きかねて、彼の方を心配そうに見た。彼の落着いた様子は僕を安心させた。だがそれは職業的な態度にすぎなかったのだった。

僕はマルトの部屋に入った。一体彼女はどこにいるのだろう？ 部屋はからっぽだった。みるとマルトは、布団《ふとん》の下に頭を隠して泣いていた。医者に、お産の日まで部屋にこもっていなければならないと申渡されたのだった。それに、世話のいる容態だったので、両親のもとで暮さねばならなかった。僕たちは互いに引離されたのだ。不幸はなかなかそうと認められないものだ。幸福だけが当然なことのように思われる。反抗もせずにこの離別を受入れたからといって、僕に勇気があったわけではない。ただ、僕にはさっぱり訳がわからなかったのだ。僕は医者の診断を、判決を聞く被告のように、茫然《ぼうぜん》と聞いていたのだった。もしも被告が青ざめないと、「なんという勇気だ！」と人は言う。とんでもないことだ。それはむしろ、想像力が欠如しているのだ。いよいよ刑の執行という日になって初めて、彼は判決文を《理解する》のだ。それとちょうど同じように、医者のよこした車が着いたとマルトのところへ人が知らせに来て初めて、僕たちはもはや会えなくなるのだということが僕にわかったのだった。マルトは母のもとへは前触れなしに帰りたいと言ったので、医者は誰にも知らさないと約束してくれた。

グランジエ家の少し手前で、僕は車を止めさせた。御者が三度目に振返ったとき、僕たちは車を降りた。この男は僕たちの三度目の接吻を見つけたと思っていたが、実はそれは初めから続いている接吻なのだった。一時間後にはまた会える人のように、便りの打合せも全然せず、またろくに別れの挨拶《あいさつ》さえもしないで、マルトと別れた。すでに、穿鑿《せんさく》好きな近所の人たちが窓べに姿を見せていた。

母は僕の目が充血しているのに気がついた。妹たちは、僕が続けて二度もスープの中に匙《さじ》を落したと言って笑った。床が揺れていた。僕にはこの苦痛のうえに足を踏ばっていることができなかった。実際、心と魂のこの眩暈《めまい》には、船酔い以上に適切な比較はないと思う。マルトのいない生活は長い航海のようなものだった。行きつくことができるだろうか？　船酔いの最初の徴候が現われると、港に着くことはどうでもよくなり、その場で死にたくなるものだが、それと同じように、僕は未来のことなどほとんど問題にしなくなった。数日たつと、船酔いもいくらか収まったので、陸地のことを考える時間ができてきた。

マルトの両親はもう大体を見抜いていた。彼らは僕の手紙を掏《す》り取るだけでは満足せずに、彼女の見ている前で、彼女の部屋の煖炉《だんろ》にそれをくべた。彼女の手紙は鉛筆で書かれてあって、読みにくかった。彼女の弟がそれを投函《とうかん》してくれるのだった。

僕にはもう家の者から苦情を言われる種もなくなった。夜になると、もとのように、煖炉の前で父と楽しい語らいをした。この一年の間に、僕は妹たちにとっては全くの他人になってしまっていた。その妹たちは再び慣れて昔の通りになった。僕は一番下の小さな妹を膝《ひざ》の上にのせ、薄暗いのを幸いに、ぎゅっと抱きしめた。すると彼女は泣き笑いをしながらもがいた。僕は自分の子供のことを考えていたが、悲しかった。自分の子供に、今以上の愛情は持てないような気がした。赤ん坊が自分にとって弟や妹とは違ったものであるほどに僕は大人になっていただろうか？

父は僕に気晴らしを勧めた。こんなにしきりに勧めるのも、僕がじっとしているからだった。だが、僕がもはやしなくなったこと以外に、なすべき何があろう？　ベルの音が聞えるごとに、車が通り過ぎるごとに、僕はぶるっと身震いした。僕は自分の牢獄《ろうごく》の中で、分娩《ぶんべん》を知らせるちょっとした合図でもないものかと待ち伏せていた。

何ごとかを知らせる物音を待ち伏せていたおかげで、ある日、僕の耳に鐘の音が聞えてきた。それは休戦を知らせる鐘だった。

僕にとっては、休戦はジャックの帰還を意味していた。すでに僕は、マルトの枕《まくら》べにいる彼の姿を想い描いていた。だが僕にはどうしようもなかった。僕は途方に暮れた。

父がパリから帰ってきた。父は僕をパリに連れて行きたがった。「こんなお祭りはぜひ見なくては」と父は言った。僕には断わりかねた。僕は自分が変人に見えることを恐れていた。それに、結局、不幸のために気違いのようになっている僕にとっては、他人の喜びを見に行くことは不愉快ではなかった。

だがそれも、大して僕をうらやましがらせなかったことを告白しよう。群集心理を感じ取れるものは自分だけだというような気がした。僕は愛国心を捜し求めた。あるいは僕が間違っていたのかもわからないが、僕が見たものは、思いがけない休暇にありつけた乱痴気騒ぎだけだった。カフェはいつもより遅くまで開いてい、軍人には女売子に接吻する権利があった。僕を苦しめるか、うらやましがらせるか、あるいは崇高な感情の感染によって僕の心を紛らしてくれるかもわからないとさえ思っていたこの光景は、僕には聖カトリーヌ祭のように退屈だった。（訳注　聖カトリーヌ祭は十一月二十五日に行われる未婚婦人の祭り）

数日前から、一通の手紙も来なかった。珍しくも雪になったある午後のこと、弟たちがグランジエ少年からの預かりものを持ってきた。それはグランジエ夫人の冷やかな調子の手紙だった。できるだけ早く来てほしいと書いてあった。一体、なんの用事だろう？　たとい間接的にではあろうと、マルトと接触できる機会だと思うと、不安な気持は押えられた。グランジエ夫人に、二度と娘に会ってはならない、文通をしては困ると言い渡されて、悪いことをした生徒のようにうなだれたままその言葉を聞いている自分の姿を、僕は想い描いた。大声に怒鳴ったり、怒ったりするわけにもいかないので、僕の憎悪《ぞうお》の気持はどんな身ぶりにも現わせないであろう。僕が丁寧に挨拶して、それで扉は永久に閉ざされてしまうことであろう。そのときになって、返事や、意地の悪い理屈や、辛辣《しんらつ》な言葉を見つけ出すだろうが、そんなことを口に出していたら、悪いことをしている現場を見つかった中学生よりももっと悪い印象を、娘の恋人についてグランジエ夫人に残すことだろう。僕はそうした情景をそれからそれと想像した。

小さな客間に通ったとき、初めて訪問したときのことがよみがえってくるように思われた。では、この訪問は、おそらくもう二度とマルトに会えないことを意味しているのだ。

グランジエ夫人が入ってきた。僕には夫人の背の低いことが気の毒になった。なぜなら、夫人は威厳を保とうと努めていたから。夫人は、なんでもないことで、僕に迷惑かけたことを詫《わ》びた。手紙で尋ねるにはあまりにも込み入った事情が知りたくて、あんな手紙をさしあげたのだが、その事情がわかった、というのだった。こうした馬《ば》鹿《か》々《ば》々《か》しい、なんのことやら訳のわからぬ話は、どんなに悲しい破局よりも僕を苦しめた。

マルヌ川の近くにさしかかったとき、よその門にもたれているグランジエ少年の姿を見かけた。彼は顔の真ん中に雪球をくらって、しくしく泣いていた。僕は彼をなだめすかして、マルトのことを訊《き》き出した。姉さんはあなたに会いたがっている、と彼は言った。母親はなかなか承知しなかったが、父親が「マルトは重態なんだから言うことをきいてやれ」と言ったというのだ。

これで、たちまち、グランジエ夫人の、あのブルジョワ臭い、妙な態度がわかった。

夫に対する義理と瀕死《ひんし》の娘の意志で、僕を呼んだのだが、危険がすぎて、マルトが無事に助かったので、また面会謝絶にしたのだ。僕は楽しい喜びが味わえるはずだったのだ。せめて病人に会えるだけのあいだ、発作が続いてくれなかったことを、僕は残念に思った。

それから二日たって、マルトが手紙をよこした。僕の訪問については全然ふれていなかった。おそらく、みなは彼女に隠していたのだ。マルトは僕たちの未来のことを、澄みきった、清らかな、一種特別な調子で語っていた。これは僕には少々不安だった。恋愛は利己主義の最も極端な形というのは本当だろうか？　なぜといって、僕の不安の原因を探ってみて、自分の子供に嫉妬《しっと》していることがわかったからだった。今日のマルトは、僕自身のことより子供のことを多く語っていた。

僕たちはお産は三月に予定していた。ところが一月のある金曜日のこと、弟たちが息を切らしながら帰ってきて、グランジエ少年に甥《おい》ができたと言った。僕には、どうして彼らが得意そうにしているのか、また、なぜこんなに走って帰ってきたのか、訳がわからなかった。このニュースが僕に特別な意味を持っているなんてことは、もちろん、彼らに感づかれるはずはなかった。実は、弟たちにとっては、叔父さんといえば大人でなければならなかった。だから、グランジエ少年が叔父さんになったということはいかにも不思議なことだった。そこで彼らはその驚きを僕たちに分とうとして駆けてきたのだ。

いつも目の前に見ているものも、ちょっとその位置を変えると、見分けるのにひどく苦労するものだ。グランジエ少年の甥が、マルトの子――つまり僕の子供だということは、咄嗟《とっさ》には納得いきかねた。

公共の場所で電気がショートしたときのあの混乱が、僕自身のうちに起きた。突然、僕のうちが暗くなった。この暗闇《くらやみ》の中で、いろんな感情がひしめき合っていた。僕は自分自身を捜し求めた。手探りで日付を、正確なことを捜し求めた。指折り数えた。僕はまさか彼女が裏切っていようなどとは考えもしなかったあのころ、時として彼女がやっていたように。だがそんなことをしてもなんの役にも立たなかった。僕にはもう勘定しようがなかった。三月に出産を予定していた子供が一月に生れたとは、一体どういうことだろう？　僕はこうした変則にいろんな解釈を捜し求めたが、それはみな、嫉妬が提供してくれるものばかりだった。僕にはすぐに確信が得られた。この子はジャックの子だったのだ。九カ月前にジャックは休暇で帰って来たではないか。してみると、あのときからマルトは僕をだましていたのだ。それに、この休暇についても、彼女はすでに嘘《うそ》をついたではないか！　あの呪《のろ》わしい半月のあいだジャックを拒みつづけたと、初めは誓っておきながら、ずっとあとになってから、実は何度も彼の自由になったことを打明けたではないか！

この子がジャックの子かもわからないということは、これまでそう深く考えたことはなかった。よし、マルトの妊娠の当初には、卑怯《ひきよう》にもそうであることを願っていたとしても、今では、いまさらどうにも取返しのつかないことと思っていたし、また数カ月間父親であるという確信を持たされつづけてきたので、この子供を、僕のではなかったこの子供を愛するようになっていたことを告白しなければならなかった。父親でないことがわかった瞬間にやっと、父親らしい愛情を感じなければならないとは、一体どうしたことだろう！

ごらんの通り、僕は信じられないような混乱に陥った。泳ぎも知らないのに、真夜中、水に投げ込まれたも同然だった。僕にはもはや何もかもわからなかった。中でも特にわからなかったことは、マルトが大胆にもこの嫡出子《ちやくしゆつし》に僕の名前をつけたことだった。ある時は、この子供が僕の子であることを欲しなかった運命に対する挑戦だとも思った。またある時は、これまで幾度か僕を不愉快にしたあの気のきかなさ、あの悪趣味――だがこれも僕を愛するのあまりのことではあったが――の現れとしか見たくなかった。

僕は彼女を侮辱した手紙を書きはじめていた。面目にかけても、これは書かねばならないと思っていた！　だが言葉が浮んで来なかった。なぜなら、僕の心はもっとほかの、もっと高い所にあったから。

僕はこの手紙を破った。そして、もう一通書いて、そこに僕の愛情を、心ゆくまでに語らせた。僕はマルトに許しを乞《こ》うた。なんの許しを？　たしかにあの子はジャックの子に相違なかった。それでもかまわない、僕を愛してくれと哀願した。

少年は苦痛をいやがる動物だ。すでに僕は、別の運命を切り開きかけていた。僕はこの他人の子をほとんど受入れるばかりになっていた。ところが、この手紙を書き終えないうちに、喜びにあふれたマルトの手紙を受取った。――この子は紛れもない僕たちの子で、二カ月早く生れたのだ。だから人工保育器の厄介にならねばならなかった。「わたしもう少しで死ぬところでしたわ」と彼女は言っていた。この言葉は、子供だましの言葉のように、僕を面白がらせた。

というのは、僕にはもう何もかもうれしいのだった。みんなにこの誕生を知らせ、弟たちには、おまえたちも叔父さんになったのだぞと言ってやりたかった。喜ぶと同時に、僕は自分を軽蔑《けいべつ》した。どうしてマルトを疑ったのだろう？　僕の幸福な気持にまじったこの悔恨は、今までよりも一層強くマルトを、そして僕の子供を愛させた。矛盾した気持だが、僕は自分の誤解を祝福した。結局、しばらくのあいだ、苦痛を味わったことを、うれしく思った。少なくともそう信じた。だが、そのすぐ近くにあるものほど、そのもの自身に似ていないものはない。危うく死にかけたことのある人は、死をよく知っているつもりでいる。だが、ついに死が目の前に現われたとき、彼にはそれが死であることがわからない。「これは死ではない」と言いながら、彼は死んで行くのだ。

その手紙の中で、マルトはこうも言っていた。「坊やはあんたに似てますわ」と。僕は赤ん坊のころの弟や妹を見ていたので、ただ女の愛だけが、自分の望んでいる類似をそこに見いだすことができるのだということを知っていた。「目はわたしにそっくりです」と彼女は付け加えていた。ここでも、ただ一つの存在の中に結びつけられた自分たちを見たいという欲望だけが、彼女に自分の目を見分けさせたのだ。

グランジエ家の人々にとっては、もはや疑問の余地はなかった。彼らはマルトを呪《のろ》いながらも、醜聞が家族全体の上に《とばしり》をかけないようにと、マルトの共謀者になっていた。もう一人の共謀者である医者は、月足らずで生れたことは隠しておいて、何かいいかげんな話を考え出して、夫に人工保育器を使わねばならぬ必要を説く役を引受けることになった。

その後の数日、マルトが手紙をよこさないのは当然だと思っていた。ジャックが彼女のそばにいるに違いなかった。《彼の》息子が生れたというのでこの不幸な男に許されたこの休暇ほど、僕に打撃を与えない休暇はなかった。この休暇ももとをただせば僕のおかげだと、まるで子供っぽい衝動を感じて、僕はくすりと笑いさえした。

僕たちの家は静かに息づいていた。

ほんとうの予感というものは、われわれの精神が入って行けないような、奥深いところでつくられる。だから、時として、予感がわれわれにさせる行為を、われわれは誤って解釈することがある。

僕は幸福なので、前より優しくなったような気がした。そして僕たちの幸福な思い出によって神聖化された家にマルトがいるのかと思うとうれしかった。

死期の近づいた自堕落な人間が、自分ではそうとは気がつかず、急に身の回りを片づけはじめる。彼の生活は一変する。書類を整理する。朝は早く起き、夜も早くから寝る。悪いことをしなくなる。まわりの人々はそれを喜ぶ。だから、それだけに、彼の残酷な死は一層不当に思われる。《彼はこれから幸福に生きようとしていたのに》

それと同じように、僕の生活の新たな静けさは、罪人の粧《よそお》いだった。自分に子供ができたので、自分が前よりいい子供になったような気がした。さて、僕の愛情は、僕を父と母に近づけた。僕のうちの何かしらが、近々に彼らの愛情が僕に必要になることを知っていたのだ。

ある日の正午、弟たちが、マルトが死んだと叫びながら学校から帰ってきた。

雷は一瞬にして落ちてくるので、打たれた人は苦しまない。だが、一緒にいる人にとっては、それは痛ましい光景である。僕はなんらの感動も示していなかったが、父の顔はひきつっていた。父は弟たちを押しのけた。「さあ、出て行った、馬鹿者め、馬鹿者め！」と父は口ごもりながら言った。僕は体がこわばり、冷たくなり、石になって行くような気がした。それから、瀕死の者の目に、一生のあらゆる思い出が一瞬のうちにくりひろげられるように、マルトが死んだという確実な事実は、僕の恋愛を、それが持っているあらゆる恐ろしさと一緒に、僕の目にはっきりと見せた。父が泣いているので、僕もむせび泣いた。すると母が僕を抱き取った。母は涙一つこぼさず、落ちついて、だが優しく、まるで猩紅熱《しょうこうねつ》患者でも扱うように僕をいたわってくれた。

初めの数日は、弟たちは、僕が卒倒したので家じゅうが静かなのだと思っていた。だが、それからのちになると、彼らにはさっぱり訳がわからなくなった。別に騒がしい遊びを止められてはいなかったが、彼らは黙っていた。だが、正午に、彼らの足音が玄関の敷石の上に聞えると、まるでそのたびにマルトの死が告げられるような気がして、僕は意識を失うのだった。

マルト！　僕の嫉妬は墓のかなたにまで彼女を追いかけ、死後は無であることを僕はねがっていた。実際、愛する人が、われわれの加わっていない饗宴《きょうえん》の席に、大勢の人に取囲まれてつらなっているのは、耐えがたいことである。僕の心は、まだ未来のことなどは考えない年ごろであった。そうだ、僕がマルトのためにねがっていたものは、いつの日か彼女にめぐりあえる新しい世界ではなくて、むしろ無であった。

僕はたった一度だけジャックを見かけたが、それは数カ月のちのことであった。僕の父がマルトの水彩画を幾枚か持っていることを知っていたので、彼はそれを見たいと思ったのだった。われわれは、自分の愛している事と関係のあるものは、なんでも見たくなるのが常である。僕は、マルトが結婚を承知した男はどんな男か見たかった。息を殺し、爪先《つまさき》立って、半ば開かれた扉の方へ歩いて行った。扉まで行ったとき、ちょうどこんな声が聞えた。

「妻はあの子の名前を呼びながら死んで行きました。かわいそうな子供です！　ですが、あの子がいればこそ、わたしも生きていけるというものではないでしょうか」

絶望的な気持をじっと押えているこんなにも立派な鰥夫《やもめ》を見て、僕は、世の中の物事は、長いうちにはおのずとまるく納まって行くものだと覚《さと》った。だって、マルトが僕の名前を呼びながら死んで行ったことも、僕の子供が合法的に立派な生活をしていけるであろうことも、今わかったではないか。

ペリカン家の人々

登場人物

ペリカン氏
ペリカン夫人
アンセルム　ペリカン氏の息子
オルタンス　アンセルムの妹
シャルマン嬢　家庭教師
パステル氏　水泳の先生
シャントクレル氏　写真の先生
パルフェ　下男

舞台は現代のパリ、ペリカン氏のアパート

第一幕

撞球室《どうきゅうしつ》。中央に撞球台。右手の奥に黒板。左手に綱梯子《つなばしご》が下がっている。

第一景

シャルマン嬢、パルフェ

床の上に、シャルマン嬢が気を失ったように倒れている。一冊の『パリ生活《ラ・ヴィ・パリジエンヌ》』を手に持っている。彼女のかたわらにハンモック。箒《ほうき》を持ったパルフェが、かがみこみ、シャルマン嬢の胸に耳をあてている。

パルフェ　やっぱり、俺は頭がどうかしてるかな？ハンモックを蜘蛛《くも》の巣と間違えるなんて。（間）だが、俺が近眼だって、俺のせいじゃない。それに、一カ月のお給金じゃ、眼鏡も買えやしない。ところで、ハンモックへ上がっちゃいけないって、奥さまがあんなに言ってらしたのに、この仕様のない先生ときたら、言うことをきかないんだからな。一体どうしてハンモックになんか乗ったんだろう？お子さん方に教えるのをさぼって、『パリ生活《ラ・ヴィ・パリジエンヌ》』の最近号をこっそり読もうとしたんだな。くりごとばかり言っていてもはじまらんが。シャルマンさんが奥さまの言うことをきいて、またこの俺が、そこらの怠け者の下男のように掃除をさぼってたら、こんなことにもならなかったろうが。（呼鈴）奥さまが呼んでらっしゃる!!

パルフェはシャルマン嬢を抱き起して椅子《いす》に腰かけさせ、綱梯子にのぼってハンモックを元通りに直す。いかにもシャルマン嬢は『パリ生活《ラ・ヴィ・パリジエンヌ》』を読んでいるような格好に見える。パルフェ退場。

第二景

シャルマン嬢、ペリカン氏

ペリカン氏（絵入雑誌を手にして）やあ、シャルマンさん、読むのがお好きですね。ちようどここに絵入りの新聞を持ってきましたよ。（間）怒ってるんですか？（間、自分に向って）なにか気にさわることでもしたかな？

第三景

シャルマン嬢、パルフェ

パルフェ　(外出着で、旅行鞄《かばん》を下げている。あたりに目を配る) 誰も来なかったな……誰にだって俺の秘密はわかりゃすまい……だが、悲しい秘密だ。だってなんだか死んでるような気がしだしたからな。(間) 俺を牢屋《ろうや》に入れたって、そんなことなんにもなりはしないよ……それどころか。(黒板に近づき、白墨を取って書く。書きながら読む) シャルマンさんと私は……夢中になって愛し合っています……私は彼女を連れて行きます……一週間後には私たちは結婚するでしょう。(呼鈴。パルフェは黒板の下の方に署名し、次に家庭教師の体を折り曲げて、トランクに入れる) 奥さまが水泳を習いにいらっしゃる時間だな。シャルマンさんと一緒のところを見つかっちゃ大変だ。さあ俺の故郷《くに》に出かけるとしよう。(口笛を吹きながら、トランクを手にして退場)

舞台裏の声　パルフェ……パルフェ……十五分前からベルを鳴らしてるのよ。

第四景

ペリカン氏 (一人で) おや、わしの可愛《かわい》い膨《ふく》れ屋さんがいないぞ……(黒板に気がついて、それを外《はず》す。そして、読むため脚光の所まで出てくる) ああ! なんてこった! これで彼女の返事をしなかったわけがわかった。(椅子に腰をおろして、両手で頭をかかえる。ややあって、あきらめ、頭を上げる) これがわしの最後の恋だ。

第五景

ペリカン氏、ペリカン夫人、パステル氏

水泳の先生パステル氏、四つ這《ば》いになって現われる。その背に水泳着のペリカン夫人が跨《また》がっている。

ペリカン夫人 まあ、あなたいたの! (彼女は飛び降りる。パステル氏は立ち上がる。彼女は夫に向って、愛嬌《あいきょう》よく、また同時に挑《いど》むように話しかける) やっと、あたしの練習を見てくださる気になったのね?

パステル氏　今日は、ペリカンさん。（ペリカン氏に手を差出す。ペリカン氏その手を取る）
ペリカン氏　さようなら、パステルさん。（パステル氏驚いて後ずさりする）
ペリカン夫人　（夫に）あなた、どうかしてるわ。もう十月だってこと忘れないでね。
あたしがクリスマス賞を取るのを見てくださるんでしょう。それなのに、あなたったら、練習の邪魔ばかりなさるのね。
ペリカン氏　（はっきり力のこもった声で）わしはあなたに《さようなら、パステルさん》と言ったんですよ。
ペリカン夫人　（パステル氏に小声で）あたし心配だわ。あのひと悲しげな様子なんですもの。きっと、あたしたちが愛し合ってることを感づいたんだわ。（パステル氏退場）

第六景

ペリカン氏、ペリカン夫人
ペリカン氏黒板を妻に見せる。彼女はそれを読む。
ペリカン夫人　だから何べんも繰返して言ったでしょう、あの娘は全然役に立たないって。それなのに、あなたったら、あたしの言うことなどまるできかないんですものね。
ペリカン氏　これからは、子供たちの教育は、わしが自分でやるよ。
ペリカン夫人　結構だわ……でも下男なしでは済まされないわね。帽子かぶって、職業紹介所まで一走りしてくるわ。（彼女退場）

第七景

ペリカン氏、オルタンス
ペリカン氏、両手で顔を蔽《おお》うて、椅子にかけている。オルタンス、帽子箱をいっぱいに積んだ乳母車《うばぐるま》を押してくる。
オルタンス　まあ、お父さま眠ってらっしゃるわ。それとも冗談なのかな。（彼女は父親の頭に婦人帽をかぶせる。彼は劇の終りまでそれをかぶっている。ペリカン氏は動かない。オルタンスは箱から帽子を全部出し、その装飾の花をむしり取って、撞球台に挿《さ》す）

第八景

ペリカン氏、オルタンス、アンセルム

オルタンス　アンセルム、あんた親切でしょう、母さんの緑色の白粉《おしろい》持ってきてよ。あたし木のようになりたいわ。

アンセルム　秋になると、木の葉は黄色くなるよ。今はちょうど秋だし、お前の髪はブロンドだし、それでいいじゃないか。（オルタンス口笛を吹きはじめる）

ペリカン氏　（急に立ち上がって）オルタンス、兄さんの言うことがほんとだよ！　行儀のいい娘ってものは、口笛なんか吹くものじゃない。食後のお菓子はあげないよ。（撞球台が庭のようになっているのを見て）そうだ……食後のお菓子は……大人になるまであげないよ……お母さんの新しい帽子をこんなにして。（オルタンスは部屋の片隅で泣き真似《まね》をする）

第九景

ペリカン氏、アンセルム、オルタンス

ペリカン夫人（テーラード・スーツを着ている）

ペリカン夫人（ペリカン氏に）まあ、なんてひどいことをなさるの！　たかが、あたしの古帽子を玩具《おもちゃ》にしただけで、子供をぶつなんて。

ペリカン氏（肩をすくめ、それから子供たちに向って言う）先生と下男に暇を出したからね。よくないことをしたんでね。そこで早速わしがシャルマン先生の代りをやることにする。（オルタンスとアンセルムびっくりする）ところで、授業をはじめる前に訊《き》いておきたいんだが、お前たちは一体何になるつもりだね？　お前たちのもくろみが何もかもわかっておれば、お前たちがどんな道を選ぼうと、わしも指導しいいというものだ。（自分自身の言葉に感動して）実際、世の中の親たちがみんなわしのようだとな！

アンセルム　僕は騎手になりたいな。

オルタンス　あたしは花屋さん。

ペリカン夫人　（アンセルムに）でも、アンセルムや、お前はやっと十七なのに、七十キロもあるんだよ。（夫人退場）

第十景

ペリカン夫人を除いて、前景と同じ人物

ペリカン氏　アンセルム、お前は不真面目《ふまじめ》でいかん。わしがどんなにお前のことを心配してるか、わかってくれたらなあ。二年前には、お前は羊飼いになりたがってた。そこでお年玉に、羊飼いの道具一揃《そろ》いと、ヴェルギリウスの『牧歌』を贈ってやったじゃないか。じゃ、わしの教えがよくわからなかったんだね？　ヴェルギリウスは、羊飼いが詩人であるということを十分にお前に証明してくれたはずだがね。

アンセルム　だから僕はもう羊飼いになんかなりたくないんだ。

ペリカン氏　わしは詩人の息子を持ちたかったんだがなあ。（間）アンセルムや、お前は見違えた人間になってしまった。悪い友達とつきあって、人間が変っちまったんだ。でもまだ、最後の土壇場で、踏みとどまるだけの余裕はある。さあどっちを選ぶ、詩をやるか！　それとも感化院へ行くか！

アンセルム　じゃ、どんなペンネームを使おうかな？

ペリカン氏　なんて子供だろう！　でも今に、お前にもわしの考えがわかってくるだろう。わしの名前は、したがってお前の名前は、有名になるように運命づけられてるんだ。むかし、学校で、始業式の日に、新入生たちがわしの名前を知って、ミュッセのあの有名な詩を小さな声で口ずさんだものだ。

オルタンス　（詩を暗誦《あんしょう》する）

長き旅路に疲れしペリカンが、
蘆《あし》のねぐらへと夜霧の中を行けば、
遥《はる》か水面《みのも》に羽撃《はばたき》を見し飢えし雛《ひな》たちは、
浜べの上をひた走る。
みやげの糧《かて》をともに食《は》まんとて、
醜き袋の嘴《くちばし》をうちふり、喜び叫び、
父鳥《おやどり》めざして走り寄る。
父鳥《おやどり》はおもむろに高き巌《いわお》にのぼり、
垂れし翼もて雛たちを庇《かば》い、

この陰鬱《いんうつ》な漁人《すなどり》は空のかなたを見やる。
裂けしその胸よりは血潮したたり流る。
海底深くあさりしも甲斐《かい》なくて、
海原《うなばら》は徒《いたず》らに広く、浜は荒れはて、
餌《え》として得しは、ただに己れの心臓《こころ》のみ。
侘《わび》しく黙《もだ》して、巌《いわお》に横たわり、
己が臓腑《ぞうふ》を子らに分ちつつ、
気高き愛に痛みを紛らしぬ。
胸より血潮の流るるを見やりつつ、
死の饗宴《うたげ》によろめき倒る、
悦《よろこ》びと慈《いつく》しみと恐れに酔いしれて。
されど時として、尊き犠牲のさなかにも、
いつ果つるともなく苦しむが厭《いと》わしく、
心ひそかに子らのみとりを怖《おそ》れたり。
さて父鳥《おやどり》は、つと身をもたげ、風に翼を拡《ひろ》げ、
心臓《こころ》を打ちつつ、鋭く叫びぬ。

闇《やみ》をつんざく悲しき別れの言葉に、
海の鳥は浜べよりのがれ、
夜道を行く旅人は立ち止りて、
死の過《よぎ》るを感じ、神に祈りぬ。
詩人よ、すぐれたる詩人たちはすべてかくの如《ごと》し、
彼らはかりそめの時を生きる人々を浮き立たせこそすれ、
彼らが奉仕する人間の饗宴《うたげ》は、
多くペリカンどものそれらにも似たり。

暗誦の間、ペリカン氏はうなだれて、じっと耳をすましている。アンセルムはいらいらした様子を露骨に見せている。

ペリカン氏　アンセルムや、これはお前にとっていい教訓だ。（離れて）それからわしにとってもな。十歳《とお》の時、わしは誓ったものだ。数世紀したら、ペリカンという名前は、コルネイユとかラシーヌという名前同様笑われなくなるだろうとね。（コルネイユには小烏《こがらす》、ラシーヌには木の根の意味がある）お前は自分のお父さんを宣誓違反者にするつもりかね？　まさかそんなことはないだろうね！　まあ、ちょっと想像してみるがいい。ラシーヌとかコルネイユとかいう名前を初めて聞いた子供たちは、さぞかし大笑

いしただろうね。だって、十七世紀の子供たちは今日の子供たちより躾《しつけ》が悪かったろうからね。滑稽《こっけい》な名前はかえって勿怪《もっけ》の幸いだ。偉大な人間になりたいという反撥《はんぱつ》心を起さすからね。わしにしたってそうだ。どんなことがあってもお前を偉大な詩人にせずにおくものかと思うからね！（間）それからオルタンスだが、お前は画家になりたいなんて言い出すんじゃないだろうね。なるほど画は一つの技芸だし、したがって、高尚な職業だ。だが、すべての色が、危険ではないとは言えないからね。それに、若い娘にとっては……若い娘にとっては……（言葉の結びを捜すが見つからず、地団太を踏む）若い娘にとっては、つまり……その……わしにはわかってるんだが、それが一番たいせつなことなんだ。それより、オルタンスや、写真を習う方がいいよ。詩人てものは、少しでも崇拝者ができると、肖像写真を配ってやらなくちゃならないからね。アンセルムにとって、どれだけ経済になるかわからない！　明日早速、写真の先生を連れて来よう。（ペリカン氏とオルタンス退場）

第十一景

アンセルム　（ただ一人）俺はびくびくなんかしてないぞ。でも、これまで紙の上に書こうとしたことなんかなかったな。だから、中学《リセ》では、先生たちに劣等生と思われたんだ。だが、俺のような天才は（そう言って胸を叩《たた》く）黙って思い悩んでいるのが、やっぱり一番ふさわしいことなんだ。

第十二景

アンセルム、ペリカン氏

ペリカン氏　（慌《あわ》ただしく入ってくる）わしは扉の向うで聞いてたんだ。さあ、手を握ってくれ。わしにはよくわかるよ。お前には書く習慣がついてないんだ。そこで、紙を書きつぶすのが心配なんだ。いい子ってものは、そうした心配をするものだ。だが、気にすることなんかない。さあ、手はじめにこの黒板の上にお前の詩を書いてごらん。（幕）

第二幕

二カ月たったクリスマスの日。暗室に改造された娘の部屋。部屋は赤い角灯で僅《わず》かに明るい。

第一景

シャントクレル氏、オルタンス

オルタンス　あたし、あなた大好きよ。(部屋の扉を叩《たた》く音)
ペリカン氏の声　(扉の外で) どうだね、写真はうまくいったかね?
オルタンス　(ぎょっとし、シャントクレル氏に小声で) まあ、どうしましょう! 髪を直さなくちゃ。
シャントクレル氏　(きっぱりした調子でペリカン氏に) 入っちゃ駄目です、入っちゃ駄目です。光線が入ると乾板が駄目になりますからね。オルタンスさんはずいぶん上達なさいましたよ。

ペリカン氏は扉から遠ざかる。オルタンスは鎧戸《よろいど》をあける。明るくなる。それから彼女は花瓶《かびん》の雛菊《ひなぎく》を一本抜き取り、花びらを一枚々々むしる。

オルタンス　少し……大いに……熱烈に……全然まるで。（シャントクレル氏に）あら、これでもあたしを愛していると言えて？

シャントクレル氏　もちろんですとも……僕は花占いなんか信じませんよ。（口髭《くちひげ》の先をひねりながら退場）

第二景

オルタンス　（ただ一人）死ぬよりほかしようがないわ。ピストル、鉄道、そうだ毒薬がいいわ……でも、今日はクリスマスで、どこの薬屋も閉《し》まってるわね。それに、この死に方は危険だわ。だって、うちには毒消しがないんだもの。そうだ！　いい考えがある！　水に飛び込んだら？　ちょうどセーヌ川には近いし。シャントクレルさんはあたしを愛してくれないのかしら？　いいわ！　誰でもあたしを助けてくれた人と結婚するから！

彼女は観客席に接吻《せっぷん》を送り、丁寧にお辞儀をする。

第三景

ペリカン氏、ペリカン夫人、アンセルム、パステル氏

ペリカン氏は毛裏付きの外套《がいとう》を着、ペリカン夫人は海水着姿。アンセルムはひどく痩《や》せている。

ペリカン氏　（ペリカン夫人に）クリスマス賞の競泳に出かけたのじゃないのかい？

ペリカン夫人　ついうっかりして、時間に遅れてしまったの。それに、水が少し冷たすぎると思ったもんだから。

ペリカン氏　水泳選手として有名になるには、撞球台《どうきゅうだい》の上で泳いでたって駄目さ。（彼退場）

第四景

ペリカン氏を除いて、前景と同じ人物

アンセルム　お母さん、オルタンスは捜したっていやしないよ。さっき控室で逢《あ》ったら、身を投げに行くんだなんて言ってたよ。でも僕はちっとも心配じゃないがね……

ペリカン夫人　まあ、そんなことを言うために、お父さんの出て行くのを悠々《ゆうゆう》と待ってたの。まるでお小遣《こづかい》でもせびるように！　ほんとに！　今日がクリスマスでなかったら、ひどくぶってやるんだけど。（パステル氏の方に向き直って）助けに行ってくださいな、あなたは水泳の先生でしょう。

パステル氏　（当惑して）奥さん、あなたはわたしをどうお考えになってらっしゃるんでしょう？　わたしは泳げる教師じゃないんです。理論は教えますが、泳ぎはできないんです。

ペリカン夫人　あなたのような人には二度と逢いたくないわ、この嘘《うそ》つき。あたしを誘惑しようと思って、この恥知らずったら、いかにも泳ぎが上手のようにあたしに思い込ましてたのね。（彼うなだれて退場）

第五景

ペリカン夫人、シャントクレル氏、アンセルム

ペリカン夫人　まあ、写真の先生がいらしたわ。シャントクレルさん、娘が身を投げたのです。助けに行ってください。お礼は十分いたしますから。

シャントクレル氏　(当惑して)あなたのお嬢さんはやがてシャントクレル夫人となるのです。未来のお母さまはそんなふうにおっしゃるものではありません。わたしは、わたしのオルタンスを助けに行きます。でも、お礼なんて絶対に口に出さないでください。

ペリカン夫人　(ひざまずいて)あんまり悲しかったもので、すっかり礼儀作法を忘れてしまったのです。ごめんなさいね、シャントクレルさん。

シャントクレル氏、上着、チョッキ、カラーを部屋の四隅に投げ散らし、走りながら退場。

第六景

ペリカン夫人、ペリカン氏、アンセルム

ペリカン氏、マルセイエーズを鼻声で歌いながら、飛び跳《は》ねるようにして登場。

ペリカン夫人 (観客に向って) たくは気違いになってしまいました。

ペリカン氏 おい、そこで何をほざいてるんだ? わしは思いきりわしの喜びを現わしていいんだ。

ペリカン夫人 (すすり泣きながら) まあ、なにがうれしいってんだろう! ……ああ! オルタンスが……もしもあなたが知ったら。

ペリカン氏 そうなんだよ、わしは知ってるんだよ……あの娘ったらクリスマス賞を取ったんだ。おまけに、自殺しようとした写真の先生を助けたんだ。どうして泣くのか、わしにはさっぱりわからんね。

ペリカン夫人 (アンセルムに向い、おどしつけるような口調で) じゃ、さっきは嘘をついたんだね。ああ! クリスマスでさえなかったら。

アンセルム (母に向って) だってさっきは、おしまいまで僕に言わせないんだもの……僕が心配そうにしてなかったのは、セーヌ川が凍ってるからさ。
ペリカン夫人　でも不思議なことね！　セーヌ川が凍ってるのに、水泳で一等賞を取るなんて。
ペリカン氏　オルタンスはお前と同じように泳ぎはできないが、スケートの方はなかなか大したものだ。セーヌ川が凍った時には、水泳の競争はスケートの競争に変えることになってるんだよ。
アンセルム　いずれにせよ、オルタンスが有名になったのは僕のおかげなんだ。僕はオルタンスが写真の先生に夢中になってるのをちゃんと知ってたんだ。オルタンスがシャントクレルさんがどのくらい自分を愛してるかを確かめようと思って、クリスマスの贈物に雛菊の花束を贈ってもらったのを、僕がいたずらして、どの花からも花びらを一枚ずつむしっておいたんだ。
ペリカン夫妻　素晴らしい詩人だね!!!
ペリカン夫人　どうしてそんなことを思いついたんでしょうね!?
ペリカン氏　わしも考えてるところさ！

第七景

ペリカン夫妻、アンセルム、シャントクレル氏、オルタンス、パステル氏

オルタンスはシャントクレル氏の手を握っている。

オルタンス　（ペリカン氏に）お父さん、シャントクレルさんと結婚してもいい？

ペリカン氏　どうともお前の好きなように。もっといい口があるかもわからないがね。

（ペリカン氏出て行くが、すぐ包みをかかえて帰ってくる）

ペリカン氏　（アンセルムに）この三月から、もうお前がクリスマスの贈物をあてにしてないってことを感づいてたよ。だから、サンタクロースの手なんか借りずに、わしの手からじかにこの包みをあげよう。（アンセルム包みをあける。騎手の服が出てくる）なあに、礼なんか無用……騎手になりたいんならなればいいさ。親ってものは、結局は、子供の意志に逆らえないものさ。でもこの二カ月、お前もずいぶん一生懸命だったね。わしを悲しませないように、詩人になったりしてね。それにしても変ったね。目はくぼむし……二十キロぐらいは痩せたね。

アンセルム　（得意そうに）そうした摂生のおかげで、騎手にもってこいの体重になり

ましたよ。

ペリカン氏　なんのことやらわからなくなってしまったぞ。とにかく、馬に乗ったお前を見たら、ペガサス（詩神ミューズの愛馬）にまたがったお前を想像しさえすればいいわけだ。わしはほんとに頑固親父だったよ。だが、どうしてお前を是が非でも有名にしようとなんかしたんだろうね？　うちの名前がラルース辞典にないからかな？

オルタンス　（吟誦《ぎんしょう》する）……長き旅路に疲れしペリカンが……

アンセルム　（陽気に）そうだ、そうだ！　僕たちはそいつは暗記してるよ。（彼退場）

ペリカン氏　オルタンス、お前は花屋におなり。好きなんだから。

オルタンス　いやよパパ！　写真屋の方がいいわ。

ペリカン氏　なんの役に立つんだね、娘の写真屋なんかが？

ペリカン夫人　まあとにかく、今日はオルタンスに撮《と》ってもらいましょうよ。みんな揃《そろ》ってるし。

オルタンス　そうだわね、お母さん……でも、あたしも一緒に入りたいわ。それからあたしの婚約者も。

ペリカン氏　なあに大丈夫、写してくださる人はあるよ。ここにいらっしゃるパステルさんはうちの方じゃないからね。それに、オルタンスがクリスマス賞を取ってしまったんだから、お前だってもう水泳を教わる必要はないだろう。

ペリカン夫人　そうね、そうだわ……パステルさん、あなたは泳ぎができないんだから、あたしたちを写してね。

アンセルムが騎手姿で現われる。

ペリカン夫人　（両手を合せて）星のように美しいわ！　子供のキリストのようよ。

パステル氏は写真機を備えつける。みんなにこにこした顔つき。

パステル氏　（観念した面ざし）さあ、動かないで。（幕）

訳はガルリー・シモン版（一九二一年）に拠《よ》った。ベルナール・グラッセ版の全集（一九五九年）には次の部分が削除されている。

第一幕第五景の、パステル氏「今日は、ペリカンさん……」より、ペリカン夫人「……練習の邪魔ばかりなさるのね」まで。

第二幕第六景の、ペリカン氏、マルセイエーズを鼻声で歌いながら、飛び跳ねるようにして登場……というト書。

同じく第二幕第六景の、ペリカン夫人「どうしてそんなことを……」より、第七景の、ペリカン氏「……二十キロぐらいは痩せたね」まで。

第二幕第七景はなくて、第六景として続けられ、ペリカン氏「なあに大丈夫、写してくださる人はあるよ。ここにいらっしゃるパステルさんはうちの方じゃないからね」で幕。以下は全部削除。

ドニーズ

親愛なるカンウェイレル君

レイモン・ラディゲは君を非常に愛していたが、このコントは好きでなかった。彼はこれを、一九二〇年、最後の詩の前に、カルケイランヌで書いた。だが、死とともにすべては変ったようだ。おそらく、この文章の厭味《いやみ》な気取りは、『舞踏会』の純潔さを引立たせ、またこの純潔さがどこに由来しているかを教えてくれるだろう。僕は君にこの『ドニーズ』の上梓《じょうし》をおまかせする。君が最もよき批判者であることを知っているがゆえに。

ジャン・コクトー

パリよ！　かつて僕は、お前の数知れぬ鏡がせめてこの時だけは曇ってほしいとねがい、そこに映し出された蒼《あお》白い顔を見まいと、町の隅《すみ》から隅へと逃げ回ったのに、なぜ今日は、この松の木のもとに横たわって、植木屋の娘など待っているのであろう、そのわけを語ってくれ。ツーロンからわざわざやって来た水夫たちが、ここの仙人掌《シャボテン》の葉に、自分たちの心臓と、名前とを刻みつけている。

ついに僕は疲れはててしまったのだ。ナルシスは自分をあまりにも愛していた頃、水面《みのも》に映る己れの蒼白い顔を見まいと目を逸《そ》らしていた。ところで僕は、自分の肉体をあまりいつくしまなかったために、あらゆる鏡の前で目を閉じなければならなかった。もしも健康が僕にとって羨《うらや》ましく思えるとしたら、それは、それぞれ異なった趣のある健やかな薔薇《ばら》よ、お前たちのためだ。僕はお前たちを、ある日はその燃ゆる頰《ほお》のゆえに、その翌日はそのふくよかなお尻《しり》のゆえに愛するのだ。

愛されている娘のように、ほっそりしてしかも肉づきのいいこの田舎《いなか》に着いた日、どんなにか僕ははしゃいで、まるで仔犬《こいぬ》のように、畑の花に飛びかかったことだろう。幾時間も、僕はそれらを口の中で嚙《か》み、嚙み砕き、味わった。いつまでも溶けないでほしいボンボンのように。だが、もしもこれが溶けなかったら、どんなにか失望し、またどんなにかいらいらすることだろう！

いとしい丘よ、お前たちの毛皮の腕套《マフ》の中に僕は頭を埋めた。穴の中の兎《うさぎ》のように。裸のドニーズに対しても、このくらいの放縦さしか振舞えまい。突然、あれらの花の名前が、びっくり箱の悪魔のように僕の記憶から飛び出し、そしてまた永久にそこに還《かえ》ってしまう。僕の鼻は、花の匂《にお》いを、それらが匂いを持たない花であることを知りながらも、幾時間も待ち構えている。だが、こんなことをしているうちに、時として、匂いの見つかることがある。イギリスのボンボンの匂いがするあのジャスミンの花粉を、僕の鼻は、頭につんとしみ入るまで吸いこんだ。だから、薄荷《はっか》よ、あるいはミモザよ、今僕の前に出たら、お前たちはいずれもジャスミンの匂いがするだろう。

だから、ドニーズよ、嫉《ねた》むことはないのだ。なぜなら、僕を悦《よろこ》ばせてくれるものは、すべてあなたの中にあるのだから。他の女がよし僕の気に入ろうとも、それは、その女の中にあなたが見いだせるからだ。一昨日《おととい》、僕たちの松の木の下であなたを待っていた時、僕があの若い羊飼いを無邪気に抱いている現場をあなたは見つけたが、それは、待ちきれずに、あなたの頬に口づけしていたのだ。僕の喜びは三倍になった。というのは、そうした僕を見て、あなたの頬が紅《あか》く染まったから。

とうとう彼女は顔をあからめた！ アンヌ（ペローの『青ひげ』の中の人物）のように、僕は待っていたのだ。こんな小娘にからかわれている自分の心に対して不機嫌になり、彼女を赤面させようと、思い切って何かしたり、何か言ったりしながらも、結局、僕だけが、そうした行いや言葉に赤面していたのだ。これまでにもすでに幾度か、彼女の中には、そうした反映する気持が欠けているのを、僕は確かめたことがあった。この花つくりの娘は、球根については、水仙のそれしか知らない。そしてこの水仙の球根は、葱《ねぎ》のようにひとを泣かせはしない。ドニーズは僕を恐《こわ》がらせた。岩で頭を傷つけても、声一つたてないのだ。苦痛に対してこんなに我慢強いところをみると、快楽に対してはなおさらそうに違いなかった。

勇気と卑怯《ひきょう》は単に言葉としてしか存在しないものである。それらは僕たちの行為に符牒《ふちょう》をつける。だが、どうしてその一つに軽蔑《けいべつ》的な意味を与えるのだ。誰でも、自分を実際の自分以上に高めることはできない。勇敢であることの方がより称讃《しょうさん》に値するということはない。僕たちのすべての行動は、僕たちに相応したものである。僕にしても、苦痛を前にして悲鳴などあげはしないが、それで僕が他人より勇気があると言えるだろうか？　むしろ感じが鈍いのだ。歯医者にかかっても悲鳴をあげることができないのは、僕にとっては、愛することができないのと同じく、一つの欠点だ。だが、誰にしろ、苦痛を感じないといっても限度がある。ドニーズのそれも限度に達した。僕があの羊飼いの少年を無邪気に抱いているところを見てからだ。これまでは、僕が接吻《せっぷん》してやっても、ちっとも悦びを感じなかった。彼女にあっては、嫉妬《しっと》が恋愛に先立ったのだ。僕が他人を抱擁しているのを見て、今やっと彼女は僕の接吻にいくらかの値打ちを認めたのだ。

でも、やっぱり、僕は少しばかりがっかりした。ドニーズの実体を見破ったことはうれしかったが。(なんて僕はうぶなのだろう！　なんて僕は自惚屋《うぬぼれや》なのだろう！ドニーズの振舞いが違った意味にも取れることは思ってもみなかったのだ。だが、各人それぞれ、自分の考えで、さまざまな解釈を与えるであろう。しかも自分こそ正しいと信じこんで。）そうだ、ドニーズが僕の想像していたような怪物でないことを発見して、少しばかりがっかりした。大体怪物なんてものはいないことを僕は知るべきなのだ。怪物は、われわれがこれを考えるからこそ存在するのだ。

だが、僕が彼女を怪物と信じていたのには、いくらかの理由があった。僕はこの娘をどうしても辱《はずか》しめることができなかったが、彼女の方は僕を辱しめては大いに喜んでいたのだ。僕が赤面するのを見て悦ぶとは、彼女も僕に似ているのだろうか？

僕が初めて彼女を見たのは、この土地で花つくりをしている彼女の父親の家でだった。僕はあるロシア娘にミモザか紅薔薇を贈ろうと思っていた。いわゆる恋の手管などというものは僕の性格には向いたものではなく、それにそれが正確にはどういうものなのかもよくは知らなかったが、でもやっぱりそうしたものに捕われていたのだ。この娘は僕が言い寄っているものと思い込んでいた。理由はきわめて簡単だった。この娘はフランス語が下手《へた》だったので、彼女の言うことを理解しようとしたら、じっと聴き耳をたてねばならず、それがいかにも彼女の言葉に聴き惚《ほ》れているように見えたからだった。僕が媚《こ》びているとこの娘の思い込んでいるのが癪《しゃく》だった。だが、僕の態度はそうとしかとれなかったであろう。僕は何かの遊び、たとえば《鳩《はと》ぽっぽ》のような遊びの無邪気さを気にくわないと思いながらも、やはりそれをやっている子供に似ていた。なんと言っても、まだそうした年齢だし、遊びを軽蔑しても、遊びは楽しませてくれるのである。

僕の自尊心は、ほんとうに媚びているのだと自認することを欲しなかった。こんなロシア娘などわけなく諦《あきら》められると思っていた。がそれは容易なことではなかった。というのは、ドニーズという、気分を転換させてくれる娘を見つけて、大いに悦んだくらいだから。また、時には、僕の手の中にもはや彼女の手がないと、僕の手は、自分はこの世で一人ぼっちだと感じた。映画で、スクリーンいっぱいに拡《ひろ》がった手を見て、いきなり、その手だけである役を演じていることに気がつくが、この場合はそれだった。

自分はこのように一人ぼっちで、自分には存在理由はないのだと感ずると、僕の手は自分をこの娘に近づける動作をしようと欲するのだった。彼女へ手紙を書くとか、花束を送るとかいった。

ドニーズは、僕が怒った気持を抑《おさ》えきれないでいるのを見て面白がった。というのは、ドニーズのお母さんは親切な女で、僕が少女に花籠《はなかご》を贈るのを見て、不作法に思われることをさせまいとして、びっくりしながらこんなことを言ったのだ。「まあ！ 色のある花をお贈りになるんですか。娘さんには白い石竹を贈るものですよ」

僕は彼女がおこがましくも礼儀作法を教えにかかったのを憤慨したのだった。乱暴に言い返したいところだった。だが、僕を観察しているこの小狡《ずる》い娘のドニーズに、母親の注意で僕が一本参ったように思われたくなかった。だが、弁解したいという愚かしい要求を感じた。そこで不器用な言葉がよく聞きとれないようにと、ものすごく早口に言った。

「国によって、色の意味は違いますよ。支那《しな》人の喪服は白です。僕だったら、白い花をロシア人の娘に贈れなんてはすすめませんよ。でも、あなたの御注意も無駄じゃありませんでしたね。ついうっかりしてて、白い石竹も貰《もら》っちまいましたからね」

母親は溜息《ためいき》をつきながら、石竹を抜き取った。僕の虚栄心は救われた。僕は彼女の注意をきかなかったのだ。しかも、ドニーズに、そうした習慣を知らなかったと思わせないどころか、逆に、偽りの習慣を教えてやったのだ。植木屋の娘のくせになんて手間を取らせるやつだろう、と僕は思った。

水着を着ていては水浴のほんとうの悦びは味わえないので、裸で泳げるような秘密の場所を捜した。そこは、岩でまわりを囲まれていて、泳いだあとでは、体《からだ》を陽にあてて休むことができた。時々、頭の上で足音が聞えた。すると、読みさしの本を、葡《ぶ》萄《どう》の葉の代りに使うのだった。ある日、そのようにして頭をあげたら、ドニーズが岩の上にいるのを見つけた。初めての時は、僕は彼女の顔をよくは見なかった。口と鼻がひどく大きく見えた。それはこちらの目の加減だということがわかった。何しろ、仰向けに寝たまま、頭をのけぞらして上を見あげるので、彼女がどんな服を着ているかもわからなかった。だが、コンビネーションと、あちこち編目のほつれた鼠色《ねずみいろ》の絹靴下の上にちらりと裸の腿《もも》が見えた。朱と鳶《とび》色の美しい顔色は、安白粉《おしろい》によくあるあの赤紫の一種独特な色で台なしにされ、小石で塗りの剝《は》げたびじょう止めの短靴をはき、薄絹の服をまとっていたが、これらは、いかにもいじらしい組合せで、パリ人らしくしようという欲求と、田舎や両親を軽蔑してやろうという気持とを示していた。ただ一つの美しいアクセサリーは、手にした一つの籠だった。これは、彼女にとっては自分の身支度を台なしにするものであったかもわからないが、逆さまにしたら今かぶっているお嬢さん向きの帽子よりずっと似合う帽子になりそうだった。僕が彼女に欲望を感じたのは、おそらく下から見上げたせいだろう。あるいは単に気晴らしの欲求のせいかもわからない。頭を上げると、彼女は岩の後ろに隠れた。多分もうやって来ないだろうと、幾分残念に思っていると、いきなり僕の前に現われた。

「ごめんなさい、カルケイランヌに帰るにはどう行ったらいいんですの？」と彼女はほほえみながら言った。

あまりのずうずうしさにあきれ返った！　子供の時から何遍も歩いたに違いない道を、わざわざ僕に言わせようというのだ。彼女はただ、僕が当惑する格好を見て楽しもうと降りてきたのだ。

「自分の方が僕よりよく知ってるくせに」と僕はひどく不機嫌な調子で言った。――この不機嫌は気詰りな気持をごまかすためのものだった。彼女は陽気にはしゃいでいた。自分がちゃんと知っているということを相手も承知している道を、身につけるものとては『キリストのまねび』しかない少年に尋ねるのを、いかにも当り前のことに思っているようだった。

「なに読んでるの？　見せて！」

こんな無遠慮は初めてだった。ではむりやり僕から本を奪い取ろうというのか？

僕は彼女に向って叫んだ。

「あっさり言ったらいいじゃないか、売女《ばいた》め！」

彼女はびっくりした様子だった。なんのことやらわからぬといった顔つきだった。そこで僕もいくらか気持がしずまった。でも、もう手遅れだった。その時、すでに、彼女の顔に『キリストのまねび』を投げつけていた。彼女に相応した本を投げつけてやれなかったことが腹立たしくて、僕は押黙っていた。彼女は笑いながら本を拾って、小声で叫びながら逃げて行った。

今となって、僕は自分のしたことを悔んでいた。至極簡単にものになるこの娘を利用しなかったことを悔んでいた。数日後、僕は泊っている宿屋で、この『キリストのまねび』が返されているのを見たが、ページの間に一枚の手紙と、新しくつくられた幾つかの押花が挟《はさ》まれてあった。雑記帳を引裂いたこの方眼紙を見ただけで、僕はもう許す気持になっていた。彼女がまだこんなはにかんだ真似《まね》をするのを見て、僕は乱暴に振舞ったことがひどく恥ずかしくなった。

ドニーズはこの手紙の中で、今宵、夜露のおりる頃、あの松の下で待っていると言っていた。何か話したいことがあるらしかった。僕は松の木の下で、いつもより《田舎風》でない彼女を見いだした。彼女はいっとき、どぎまぎした。というのは、こんな仮装をするのならもう二度と会わない、とおどしつけたからだった。

「では、どんななりをしたらいいの？」と彼女は溜息をついた。彼女は、仕立ての下手なこと、一向にパリっ子風に見えないことを非難されてるのだと思い込んでいた。火遊びの楽しみよりも、彼女を仕込むこと、しかも悪く仕込むことの予想の方が、ずっと僕を惹《ひ》きつけていた。

彼女が仮装をしていると言って非難した僕が、田舎では田舎らしい服装をしなければならぬということを口実にして、彼女を違った風に仮装させた。

情欲がかなり弱くて、これに愛の外観を与えようとする時には、想像力に訴えて、いかなる手段も、またどんなに些細《ささい》なこともなおざりにしてはならない。髪の毛を隠しているあのベレー帽、サンダル、セーター、あるいはブラウス、そういった彼女の姿は、もしも僕がまだ彼女を知っていなかったとしたら、彼女の方に振向かせ、欲情をそそるのに十分だったであろう。僕は彼女から何を期待しているのかはっきりわからなかった。だが、唇や頬の大好きな僕も、彼女の唇や頬には――それは欲望をそそるものではあったが――大して悦びは感じなかった。むしろ、彼女の肉体の、他人《ひと》の目には見えない個所を愛撫《あいぶ》する方が好きだった。ところで、一方、彼女を裸にするのが億劫《おっくう》で、漁師風のブラウスの胸の開きが許してくれる範囲内で胸に接吻したり、裾《すそ》を少しまくって腿を抱いたりするだけで我慢していた。われわれはいつも、到底理屈に合いっこない心の動きに理屈をつけたがるものである。そこで僕も、彼女の唇が一向に欲望をそそらないことを自分に説明するために、自分は実に嫉妬《しっと》心が強いので、彼女が皆の目の前にさらしているものは愛し得ないのだ、と自分を納得させてしまったのだった。ところが、僕はこの上もなく残酷な気まずさを味わわねばならなかった。ドニーズをわがものにするのを妨げているものは何であるか、僕にはわからなかった。僕を引止めているものは、彼女が処女であることだ、というような気がした。男がそんなことに躓《つまず》くと、ましてそこに僅《わず》かでも愛情が関係していると、それこそおしまいだ。彼女がもはや処女でなくなれば、彼女を情婦《おんな》にすることができるであろう、と僕は信じていた。彼女に不愉快な思い出を残すのは自分以外の人間であってほしいと僕は思っていた。こんなことをあれこれ思いわずらっていたために、取返しのつかぬことになってしまった。僕が尻《しり》ごみしていたあのことをさせるために、どうして、ドニーズがきらっていたあの羊飼いの少年を選んだものか、自分でもよくわからなかった。僕はそれが成功した際の報酬も彼に約束した。

さてある晩、いつもドニーズに逢《あ》う時間に、僕はドミニックに手紙を持たせてやった。僕は病気で行かれぬ、ということにした。こうした使命を任されたことは、ドミニックを大いに悦ばせた。もちろん彼は、僕がわざわざこんなことをした動機などは知らなかった。

道のほとりに腰をおろして、僕は彼の帰りをいらいらしながら待っていた。誰かが通りかかると、僕は駆け出して、ドミニックと呼んだ。それは郵便配達夫であり、老《ろう》婆《ば》であり、狩猟家であって、決して彼ではなかった。とうとう僕は、二人がいる例の隠れ場所のまわりをぐるぐるさまよった。だがどうしてもあまりそばへは寄れなかった。ドニーズは逆らうどころか、どうやら、わが身を任せて、彼の使命を果させたらしい。僕は引返した。

翌日、僕はドミニックに逢った。ドニーズが逆らったかどうか、そして一体どんなぐあいだったかを訊《き》いた。彼は僕を瞞《だま》した。彼女がものすごく抵抗したり、哀願したりするので、いっそ、僕を怒らせても彼女を勘弁してやりたいと思った、と言うのだった。僕は彼の言葉を信じるようなふりをした。僕はドニーズには何も訊かなかった。彼女の方も黙っていた。なんていまいましいことだ！　僕は呟《つぶや》いた。十七歳の若さで、こんな風に、まるで老いぼれのように愚《ぐ》弄《ろう》されるなんて！　しかもあんな条件で！

僕の愚かしい不安は姿を消した。彼女がこんなにも無造作に僕を瞞したり、嘘《うそ》を言ったりすることができるとわかってからは、彼女は僕にとって一層貴重なものになったのだった。今度のこの事件で、僕と彼女とのどちらに僕が余計に感嘆しているかわからない。どちらが、相手をより以上瞞したことになるだろう？　僕は、すべてを知っていた。だが彼女の方は、僕の命でドミニックが自分を愛撫したのだとは、永久に知ることはないであろう。ところで僕はもう嘘に倦《あ》きはじめていた。僕たちのあいだには、たしかにいくらかそれが必要だったのだ。でも、もう沢山だった。

今は、ドニーズに率直さの悦《よろこ》びを教えることだけが残っていた。だが、再び彼女をドミニックに逢わせようとはしなかった。

彼女が彼の言いなりになったその日から、僕は重荷から解放され、ほっとした気持になった。今は、僕を気詰りにするものは何もなかった。僕たちは毎日岩蔭《いわかげ》に隠れて愛し合った。時として情欲に駆られては、枕《まくら》がわりにそこの岩に頭をもたせた。するとすぐそこに海のあることが思い出された。人に見られると力士が競争心を煽《あお》られて力を出すように、昔の神話はドニーズを熱愛するように僕を駆りたてた。もしもひょっこり、ヴィーナスがこの地中海の波から出てきたら、こんな風に愛されることをねがったであろう。

われわれの時間は、悔いと望みのうちに失われて行く。ベッドに入って寝つけぬ人は、ベッドの下の絨緞《じゅうたん》に腹這《はらば》いになったら、それとも頭を足より低くしたら眠れるかもしれない、などと思うが、人生におけるわれわれも、常にそれと同じだ。この新しい姿勢にしばらくは満足する。だがそのうちには、これまでの姿勢以上に窮屈に思えてくる。僕は、ドニーズが処女である限りは自分のものにすることはできないと思っていた。だが今は、彼女の肉体を自分自身で目覚めさせなかったことが悔まれた。僕にはすべてが嘆きの種だった。海の存在も、僕にとっては堪えがたくさえあった。間もなくパリに帰らねばならぬ、ドニーズとはただの一度もベッドを共にしなかった、などと考えると悲しかった。

やっと、彼女の無分別につけこんで、僕の宿屋の一室で一夜を共に過させることにした。彼女は明け方両親の家へ帰るであろう。これでやっと、真っ裸な彼女をこの胸の中に抱くことができるのだ。いかなる邪魔ものもこの二つの肉体を引離しはしないであろう。これでやっと、あのあまりにも広い海ではなくて、部屋の壁が水平線となるのだ。彼女は夜の十一時に来ることになっていた。僕は部屋の扉を半開きにし、枕ランプがちょうどそこを照らすようにして置いた。僕は着物をぬいで、待っていた。真っ裸で、欲望に息をはずませ、ベッドに横たわりながら。

四月の暁の冷気が僕の眠りを覚ます。灰色のほの明りで、部屋が牢獄《ろうごく》そっくりに見え、目覚めた者は自分が罪人のような気になる。この時刻には、他の人々は聖体を拝受するが、僕は、煙草《たばこ》をふかしながら、自分が将来死刑になった際の彼女の悲しみを、腹をへらしながら、あれこれ想像するのが好きだ。

一晩中何か重要なことを考えていたはずだが、それが一体なんであったかを思い出そうとする時の、あの一種特別な不快な気持で目が覚める。こうした瞬間には、記憶をさぐっていると、いきなり、他のことが思い出されてくるものだ。例えば、なくしたと諦《あきら》めていた紙入れが友人のところにあるといったような。

あ、そうだ、ドニーズが来るはずだったのだ。だが彼女はやって来なかった。僕はいまだに信じられない……ああ！　なんということだ、僕は彼女が来る前に眠ってしまったのだ。

僕はつとめて落着こうとした。たしかに彼女は来なかったのだ。来たら、目が覚めたはずだ。僕はスイッチをひねった。寝台脇《わき》のテーブルの上に、僕は次のような簡単な言葉を見つけた。

《あたしは鼾《いびき》なんかかく人嫌《きら》いです。ドニーズ》

ああ、ドニーズ！ ドニーズ！

僕は疑いの苦痛を、こんなに激しく感じたことはなかった。つかまえどころがないということは、この上もなくつらいことだ。自分の愛している女が、他人とも関係があるのではないかとあれこれ臆測《おくそく》する。そうだ、今日の僕はまさしくそれなのだ。これまでの数々の悲しみも、今日のこれに較《くら》べれば、それこそ物の数ではないように思われた！

ドニーズよ、僕はお前を《あなた》と呼んでいた。なぜなら、村の若者たちは皆《お前》と呼んでいたし、僕たちを駆り立てていたものは、愛する人を《お前》と呼ぶ悦びよりも、他人たちから自分たちを区別したい必要だったから。ドニーズよ、してみると、僕があなたを愛していたのは本当だったのか。僕はひとがこんなに不幸になるものとは思っていなかった。だがそれは、僕の心の痛みが愛をはるかに凌駕《りようが》しているからだ。

ところで僕がほんとに鼾をかくかどうか、僕には知る術《すべ》はあるまい。

あとがき

レイモン・ラディゲは一九〇三年に生れ、一九二三年に死んだ。その二十年の短い生涯に残したものは、『燃ゆる頬』『休暇の宿題』に収められた詩と、『肉体の悪魔』(原題『魔に憑《つ》かれて』)『ドルジェル伯の舞踏会』の二編の小説、および『ペリカン家の人々』(戯曲)『ドニーズ』(コント)その他の断片的作品である。

『肉体の悪魔』は十六歳から十八歳の間に書かれたものと推定されている。一九二三年に上梓《じょうし》されて、二十歳以前の少年の筆とは思われないような、簡潔適確な文体による、陰翳《いんえい》深い恋愛心理の解剖によって、当時の人々を驚嘆させた。彼がたちまちにしてかち得た驚異的な名声を、第一次世界大戦直後の文学的空白のせいにした人もあるが、今日になってみると、それが謬見《びゅうけん》であったことは見事に実証されている。この作品は、傑作『ドルジェル伯の舞踏会』を前にすると、いささかエチュード的作品と見えるかもわからないが、フランスの心理小説の系譜を辿《たど》る場合、どうしても見のがすことのできないものである。

年上の女性との恋愛、その場合の男性のエゴイズム、そのエゴイズムの犠牲となる女性の死、といった筋やシチュエーションは、バンジャマン・コンスタンの『アドルフ』を思わせる。外面的な自然描写は極端に排除して、もっぱら内面的な心的風景を描こうとしている点、また箴言《しんげん》めいた短い文句が随所に挿入されている点など、相似点が少なくない。ただ、『肉体の悪魔』の主人公が、二十歳以前のむしろ少年であることから、『アドルフ』には感じられない新鮮な匂《にお》いがただよっている。

少年期から青年期に移ろうとする、まだ固定した状態になっていない時期の魂を描くことは、第一次世界大戦後のフランス文学にいちじるしく見られる特徴の一つで、この作品はこの一種の《青春小説》の先駆的な作品と言えるであろう。この場合、ラディゲが《青春のロマンチシズム》に耽溺《たんでき》しなかったことが、彼を一層大きくしている。フランソワ・モーリヤックは言っている。「ラディゲは彼の青春の像を、いささかの修正も施さずにわれわれに見せている。この修正がないために、彼の作品はともすると、ひとを刺激する不愉快なものに思われねばならなかった。なぜと言って、聡《そう》明《めい》な洞察以上にシニシズムに似たものはないから」と。ダイヤモンドのような硬い心と目で、人間の情熱を直視し、それを不自然に高貴なものに見せようなどといった小細工をしていないところは、彼は少年にしてすでに少年ではなかった。この作品の中で、ラディゲは主人公にこう言わせている。「子供はなにかと口実を考えるものだ。

いつも両親の前で言いわけをさせられているので、必然的に嘘《うそ》をつくようになるのだ」と。だが、この作品を書いた二十歳前のラディゲは、決して自己弁護をしようとも、嘘をつこうともしていない。少年から青年になろうとする最も動揺定めない過渡期の魂を、冷厳な目で凝視して、これに仮借ない解剖をしている。まさに怖《おそ》るべき作家であり、また怖るべき作品である。

ラディゲは早熟な天才児であったが、自分がいわゆる神童視されることを極度にきらった。彼はこんなことを言っている。「神童のいない家庭なんて一軒だってあるだろうか？　神童なんて、家庭の発明した言葉だ。たしかに神童なるものはいるにはいる。だが、家庭の言う神童とこれが同じであることはめったにない。年齢はなんでもないのだ。僕はランボーの作品に驚くのであって、彼がそれを書いた年齢に驚くのではない。すべての大詩人が、十七歳で書いている。十七歳で書いたということを忘れさせるのが、最も偉大な詩人だ」と。もちろんわれわれは、この『肉体の悪魔』が十七歳ごろの作品だからというハンディキャップをつけて感嘆しているのではない。だが十七歳くらいの少年が書いたということは、依然として驚異である。そしてその事実をもあわせて感嘆することは、われわれの自由であり、ラディゲの大を傷つけることにはなるまい。

なお、ラディゲ自身が《私の処女小説『肉体の悪魔』》と題して、『ヌーヴェル・リテレール』の一九二三年三月十日号に載せた短文の一部分を次に紹介しておこう。作品理解のためのみならず、作者理解の上に便するところが少なくないと思う。ただし、この中で、この作品は決して自叙伝的小説ではないと言っているが、結末は全然事実と異なっているとしても、実際の体験から生れたものであることは、疑いの余地がなさそうである。

「……神童扱いされることは著者にとってはいささか迷惑だ。だが、(私の大胆な言葉を許して頂きたい、)誤りは、十七歳で書かれた小説というたわいない言葉の中に、奇怪なこととまでは言わないにしても、一つの奇蹟《きせき》を見たがっている人々の方にあるのではあるまいか。書くためにはまず生活しなければならぬというのが常套語《じょうとうご》である。したがって、ゆるがせにできぬ一つの真理でもある。だが、私の知りたいのは、幾歳になったら《私は生活した》と言える権利があるかということだ。この定過去は、論理的に言うと、死を意味してはいないだろうか？ 私の考えを言えば、幾歳であろうとも、ごく幼い時から、われわれは生活しはじめているのだと思う。何はともあれ、晩年の来ない前に、若き日の思い出を利用する権利を要求するのも、そんなに厚かましいことではなさそうだ。美しい日の夕べにその日の暁のことを語る力強い魅力を非難はしないが、夜になるのを待たずに暁を語る興味も、それは全然違ったものではあっても、決して小さいものではない。それに私は、今度の大戦の間に、青年はその失われた威信をいささか取戻したように思っていた。そうではないだろうか？　このことをちょっと考えれば、彼らの一人が小説を書いたからといって驚くのは、それこそ青年に対する侮辱である。……この青春の書の中に、数年このかた流行をきわめているあの有名な《不安》が見つからないといって、人々は意外に思うであろうか？　だが、『肉体の悪魔』の主人公にとっては、《僕》という一人称が使ってあるが、この主人公を作者と混同してはいけない）彼の悲劇はそれ以外のところにある。この悲劇は主人公自身からよりも、四囲の状況から生れたものである。ここには、戦争が原因の放縦と無為が一人の青年をある型に入れ、一人の女性を殺しているのが見られるであろう。このささやかな恋愛小説は告白ではない。一層それらしく見えるところにおいては、とりわけそうでない。自らを責める者の誠実さしか信じないというのは、あまりにも人間的な欠点である。さて、小説なるものは人生に稀《まれ》にしか存在しない浮彫りを要求するものであるから、最も真実らしく見えるものこそまさしく偽りの自伝であるのは当然である」

『ペリカン家の人々』は一九二一年に発表され、同年五月二十四日、ミシェル座で、オデオン座の俳優によって上演された。近くは一九五一年二月二十三日にアニェス・カプリ座で上演されて、好評を博した。短いながらも、ラディゲ独得の犀利《さいり》で皮肉なエスプリが遺憾なく発揮された作品である。なお、付記したいことは、訳者が底本に用いたガルリー・シモン版は百部限定の希覯《きこう》書で、容易には入手しがたい貴重なものであるが、江口清氏の特別の御好意で見せて頂くことができた。心からの感謝をここに表したい。

『ドニーズ』は一九二六年に出版された。この珠玉のようなコントの意義については、コクトーの序が十分に語っている。

一九五四年夏　　新庄嘉章

アベ・プレヴォー
青柳瑞穂訳

マノン・レスコー

自分を愛した男にはさまざまな罪を重ねさせ、自らは不貞と浪費の限りを尽してもなお、汚れを知らない少女のように可憐な娼婦マノン。

カミュ
窪田啓作訳

異邦人

太陽が眩しくてアラビア人を殺し、死刑判決を受けたのちも自分は幸福であると確信する主人公ムルソー。不条理をテーマにした名作。

カミュ
宮崎嶺雄訳

ペスト

ペストに襲われ孤立した町の中で悪疫と戦う市民たちの姿を描いて、あらゆる人生の悪に立ち向うための連帯感の確立を追う代表作。

カミュ
高畠正明訳

幸福な死

平凡な青年メルソーは、富裕な身体障害者の〝時間は金で購われる〟という主張に従い、彼を殺し金を奪う。『異邦人』誕生の秘密を解く作品。

カミュ・サルトル他
佐藤朔訳

革命か反抗か

人間はいかにして「歴史を生きる」ことができるか——鋭く対立するサルトルとカミュの間にたたかわされた、存在の根本に迫る論争。

サルトル
伊吹武彦他訳

水いらず

性の問題を不気味なものとして描いて実存主義文学の出発点に位置する表題作、限界状況における人間を捉えた「壁」など5編を収録。

ボーヴォワール
青柳瑞穂訳
人間について
あらゆる既成概念を洗い落して、人間の根本問題を捉えた実存主義の人間論。古今の歴史や文学から豊富な例をひいて平易に解説する。

M・ミッチェル
鴻巣友季子訳
風と共に去りぬ（1〜5）
永遠のベストセラーが待望の新訳！ 明るく、私らしく、わがままに生きると決めたスカーレット・オハラの「フルコース」な物語。

ジッド
山内義雄訳
狭き門
地上の恋を捨て天上の愛に生きるアリサ。死後、残された日記には、従弟ジェロームへの想いと神の道への苦悩が記されていた……。

ユゴー
佐藤朔訳
レ・ミゼラブル（一〜五）
飢えに泣く子供のために一片のパンを盗んだことから始まったジャン・ヴァルジャンの波乱の人生……。人類愛を謳いあげた大長編。

バルザック
石井晴一訳
谷間の百合
充たされない結婚生活を送るモルソフ伯爵夫人の心に忍びこむ純真な青年フェリックスの存在。彼女は凄じい内心の葛藤に悩むが……。

スタンダール
大岡昇平訳
パルムの僧院（上・下）
〝幸福の追求〟に生命を賭ける情熱的な青年貴族ファブリスが、愛する人の死によって僧院に入るまでの波瀾万丈の半生を描いた傑作。

Title : LE DIABLE AU CORPS
Author : Raymond Radiguet

肉《にく》体《たい》の悪《あく》魔《ま》

新潮文庫　ラ - 3 - 2

昭和二十九年十二月十日　発行
平成十六年八月五日　七十四刷改版
令和三年十月二十五日　八十一刷

訳者　新《しん》庄《じょう》嘉《よし》章《あきら》
発行者　佐藤隆信
発行所　株式会社　新潮社
郵便番号　一六二―八七一一
東京都新宿区矢来町七一
電話　編集部(〇三)三二六六―五四四〇
読者係(〇三)三二六六―五一一一
http://www.shinchosha.co.jp

価格はカバーに表示してあります。

乱丁・落丁本は、ご面倒ですが小社読者係宛ご送付ください。送料小社負担にてお取替えいたします。

印刷・東洋印刷株式会社　製本・株式会社大進堂

ISBN978-4-10-209402-0 C0197